L'avis des Lectrices Charleston

« *Y'aura-t-il trop de neige à Noël* est LE livre à acheter avant décembre, afin de se plonger dans cette période avec tendresse, joie et amour. (…) À aller lire au coin du feu, et vite, le nouvel an sera là plus vite que vous ne le pensez, alors profitez-en ! »

Stéphanie du blog *Sorbet-Kiwi*

« Les six auteures ont concocté pour leurs lecteurs toutes les surprises de Noël avant l'heure avec juste ce qu'il faut de romantisme pour que la magie opère. C'est bon comme du pain frais, pétillant comme le champagne et savoureux comme le fromage. »

Caroline du blog *Carobookine*

« C'est fun, amusant, de vraies petites histoires doudou qui nous rappellent les téléfilms de Noël qui passent l'après-midi à la télévision au mois décembre, et ça fait un bien fou ! À déguster, une à la fois avec un chocolat chaud, sous un plaid tout doux et avec un chat qui ronronne ! »

Julie du blog *Les petites lectures de Scarlett*

« Si vous cherchez une lecture de Noël assez différente de celles habituelles n'hésitez pas. Bien sûr l'authenticité de Noël et les traditions sont aussi présentes. Ce recueil plaira à tous les amoureux des téléfilms de Noël et de la magie de cette période. »

Élodie du blog *Les confidences de Miss Elody*

Y AURA-T-IL TROP DE NEIGE À NOËL ?

Y AURA-T-IL TROP DE NEIGE À NOËL ?

par

Isabelle Alexis
Tonie Behar
Adèle Bréau
Sophie Henrionnet
Marianne Levy
Marie Vareille

Nouvelles drôles et romantiques pour un Noël magique.

CHARLESTON

29, boulevard Raspail
75007 Paris – France
contact@editionscharleston.fr
www.editionscharleston.fr

ISBN : 978-2-36812-179-5

Maquette : Patrick Leleux PAO

Pour suivre notre actualité, rejoignez-nous sur la page Facebook :
www.facebook.com/Editions.Charleston et sur Twitter @LillyCharleston

Isabelle Alexis, Tonie Behar, Adèle Bréau, Sophie Henrionnet, Marianne Levy et Marie Vareille forment la #TeamRomCom, un collectif d'auteures de comédies romantiques à la française.

À elles six, elles comptabilisent 24 romans, 14 éditeurs, 8 blogs, 1 site féminin, 15 cocktails préférés, un nombre inavouable de héros irrésistibles et 68 scènes de sexe et demie…

Elles livrent ici leur interprétation de la comédie romantique de Noël.

*

Par ordre d'apparition

Crush et crash, par Isabelle Alexis
Y aura-t-il trop de neige à Noël ?, par Tonie Behar
Le Marché de Noël, par Adèle Bréau
La Théorie du pingouin, par Sophie Henrionnet
Keep calm & love Christmas, par Marianne Levy
Cap ?, par Marie Vareille

Un an après…

Une partie de plaisir, par Isabelle Alexis
Le réveillon était presque parfait, par Tonie Behar
Le Brie de Noël, par Adèle Bréau
Tu bluffes, Martoni, par Sophie Henrionnet
Christmas thérapie, par Marianne Levy
Christmas latte, par Marie Vareille

Aux anges de Noël (au cas où ils existent).

CRUSH ET CRASH

*

Isabelle Alexis

— Et donc, continua Nicole en levant sa coupe et en remontant son bustier pailleté, à la vie, à l'amour, à nous, notre si jolie famille ! Je suis tellement heureuse qu'on soit tous réunis, ce soir ! Avoir mes deux filles : ma Charlotte si talentueuse, Stan, son mari, gendre idéal, grand avocat, et leurs petites jumelles si adorables, Augustine et Cerise, dont les derniers bulletins trimestriels de sixième sont affichés sur notre frigo, si vous voulez aller les voir, j'ai fait une photocopie, enfin une famille parfaite ! Et… je peux le dire ? En plus, ma Charlotte a eu une augmentation la semaine dernière dans sa boîte et…

— Maman arrête, rougit Charlotte, tandis que l'auditoire applaudissait avec une coupe de champ dans une main, ce qui n'était pas très pratique mais détenait l'avantage de ne pas faire trop de bruit.

— Et l'autre, reprit Nicole, mon Audrey, qui n'a pas encore de famille, qui est au chômage, mais surtout qui n'est toujours pas là. Mais quelle heure est-il ? Bon sang, qu'est-ce qu'elle fabrique encore ? Patrick ? gémit Nicole en se retournant vers son mari.

— J'ai appelé deux fois, ça ne répond pas, avoua l'homme qui partageait sa vie depuis quarante ans. Elle doit être dans sa salle de bains ou je ne sais où… Elle n'entend pas à cause du sèche-cheveux ou de sa musique un peu forte. Ça s'est déjà produit, ne t'inquiète pas, elle va arriver.

***

Au même moment, à des kilomètres de là, dans un commissariat de l'Essonne, un des agents de permanence en cette nuit de Noël ôtait les menottes dans le dos d'Audrey. Elle se massa les poignets et tenta d'essuyer d'un revers de manche le sang étalé sur ses joues.

— T'as le droit à un coup de fil, lui lança l'agent.

***

— Bref, poursuivit Nicole avec son toast interminable, tandis que Stan s'éclipsait discrètement aux toilettes. À la vie, à notre famille, à la naissance de Jésus qui guide nos vies… À mes filles, si un jour on revoit la deuxième.

— À quelle heure on donne les cadeaux ? demanda Cerise.

— Plus tard, chérie ! Et…

C'est là que son téléphone sonna dans son sac rouge Lancel. Nicole se précipita en reposant sa coupette sur la table basse. Tout le monde avala son champagne sans trinquer, treize minutes qu'ils le tenaient à la main, c'était suffisant…

— Qu'est-ce que c'est que ce numéro ? demanda Nicole, angoissée.

Elle décrocha. L'assemblée vit ses yeux s'écarquiller.

— Oh, ce n'est pas vrai ! Pas encore ! Où ça ? Stan ! cria-t-elle. Stanislas !

Son gendre sortit de la salle de bains en s'essuyant les mains.

— Oui ?

— Stan, c'est Audrey. Elle a recommencé !

— OK, j'y vais. Elle est où ?

— Un commissariat dans l'Essonne, je note l'adresse… Attends…

Charlotte, la sœur aînée, leva les yeux au ciel, exaspérée.

— Et ça continue !

— Que se passe-t-il ? murmura Yves, le nouveau boyfriend de Martine.

La sœur de Nicole, divorcée depuis vingt ans, s'entichait souvent d'hommes récemment séparés ou veufs et très souvent dépressifs. Martine était une infirmière dans l'âme.

— Ma nièce est une animaliste activiste, expliqua-t-elle. Elle fait des actions, avec son association, dans les abattoirs pour libérer les animaux ou y planquer des caméras, ça dépend. Elle finit assez souvent au poste. Heureusement pour elle, il y a un avocat dans la famille qui s'y colle à chaque fois pour la libérer.

***

Dans sa voiture, Stan inspira et soupira. Oui, il était heureux de partir, et de prendre l'air, ce soir. Non, ils n'étaient pas la famille parfaite comme le pensait Nicole, peut-être l'avaient-ils été, ou peut-être qu'elle n'existait pas, en réalité. La veille, il avait découvert des mails qui sortaient du cadre professionnel entre Charlotte et son patron. Totalement par hasard, il cherchait un truc anodin sur l'iPad, or maintenant tous les appareils de la maison étaient connectés entre eux et il était tombé sur des mails bizarres, des « Tu me manques ! », « Tellement hâte de te voir… » et l'apogée : « Mon cœur bondit à l'idée de te voir demain en réunion », envoyée par Charlotte *herself*. Voilà ! Mamie Nicole, pour la famille parfaite, tu repasseras ! Dès que Nicole employait cette expression devant l'autre sœur, Audrey, pour la culpabiliser un peu, l'activiste répondait : « Je suis d'accord, on dirait une vraie pub pour un détergent ! » Certes, il allait y retourner à ce réveillon, il n'avait rien dit de ses découvertes à son épouse, on ne se dispute pas la veille de Noël, encore moins le soir même en famille, mais cette escapade inattendue le comblait d'aise. Il allait chercher Audrey, l'opposée de sa sœur, et ce pour la quatrième fois. Et s'il lui envoyait : « Ma chère Audrey, mon cœur bondit à l'idée de venir te chercher dans ton donjon, monter les marches quatre à quatre, me battre avec le dragon, et te sauver… » pour que sa femme tombe dessus en cherchant un truc dans la tablette ? Le iCloud, c'est la fin du couple, le Bluetooth, tous ces appareils connectés entre eux, mais ils sont cons chez Apple ou ils sont tous hyper fidèles ? Audrey était aussi franche et drôle que sa sœur était renfrognée et méprisante. Charlotte était une donneuse de leçons, enrobée de certitudes. C'était idiot de s'en rendre compte au bout de douze ans de mariage mais l'ambiance devenait de pire en pire, ces derniers temps, et toute conversation, de plus en plus âpre. Si Stan émettait le moindre doute ou reproche la concernant, Charlotte se plongeait dans l'édito du *Nouvel Obs*, lui signifiant une fin de non-recevoir. Elle pouvait faire la gueule des semaines entières. Sur un mois, il leur arrivait de communiquer juste un seul week-end.

Stan respira mieux soudainement, comme après avoir retenu son souffle trop longtemps, la fenêtre ouverte malgré les quatre degrés de cette fin décembre, le groupe Queen à fond dans son Audi… Oh, c'était bon !

***

— Je ne comprends pas, commenta l'agent de police face à Audrey, parce qu'en plus, l'adjoint au maire vous a reçus. Il vous a promis des caméras dans cet abattoir. C'était quoi encore ce sitting épouvantable devant la mairie ? Tous recouverts de sang des pieds à la tête, vos pancartes avec des images horribles, des slogans, je ne préfère pas en parler… Vous avez vraiment fait peur aux gosses qui sortaient de la fête des cadeaux…

— On n'y croit plus, à ses promesses, articula Audrey. Cet abattoir doit fermer maintenant, et ce qu'on veut de toute façon, c'est l'abolition pure et dure de l'holocauste animalier…

— Waouh, les grands mots !

— Naître pour être tué, ça s'appelle la naixtermination, poursuivit Audrey. L'élevage-esclavage intensif et son lot de tortures quotidiennes doivent être abolis maintenant. Purement et simplement. Pour toujours.

— Ben zut, et mon chateaubriand béarnaise ? osa le flic.

— Carre-le-toi dans ton cul…

— Reparle-moi encore comme ça et je te jure…

— Bonsoir tout le monde ! s'exclama Stan en entrant dans le commissariat. Allez, c'est Noël, on s'aime tous et on se pardonne…

— Bonsoir Maître, dit l'agent de police en le reconnaissant. Ce coup-ci, le patron de l'abattoir a porté plainte : coups et blessures, séquestrations, annonça le flic en se levant pour serrer la main de

Stan. Elle et les gens de son assoce ont ligoté les pauvres employés rou…

— Psychopathes, tortionnaires, tueurs en série, termina Audrey.

— J'allais dire : les pauvres employés roumains. Bref, il y a trois cochons qui se sont tirés, on ne sait même pas où ils sont…

— Bon, trancha Stan, je m'occupe d'elle. Toute sa famille l'attend pour le réveillon. Vous avez commencé le procès-verbal ?

— Elle est multirécidiviste. Ça va mal finir, elle va être condamnée, dit l'agent de permanence en secouant la tête. Elle a mis un coup de pistolet à étourdir dans l'arcade d'un des gars, là-bas…

— Pistolet à étourdir qui ne sert strictement à rien, si ce n'est à faire encore plus de mal à la bête, il n'étourdit rien du tout, précisa l'activiste, le regard mauvais.

— Sur l'employé, ça a pas mal marché pourtant, répliqua le flic en relisant des dépositions. Il est resté vingt minutes dans les pommes, il y a dix témoins…

— Je lui ai mis un bon coup dans sa gueule avec la crosse…

— Tais-toi, je t'en supplie, ne dis plus rien, Audrey ! ordonna Stan.

« Fais valoir ton droit au silence, comme le fait si bien ta sœur », pensa-t-il.

***

Au réveillon, au milieu du salon cosy, Nicole faisait passer le plat de saucisses cocktail sur lesquelles Martine se jetait littéralement.

— Alors, s'exclama Nicole en s'asseyant et en tirant un peu sur sa jupe, comment vous vous êtes rencontrés, demanda-t-elle à sa sœur, avec, euh… ?

— Yves, se re-re-présenta ce dernier.

— Avec monsieur Yves.

— Je te l'ai déjà dit ! s'écria Martine en se resservant du champagne. Yves est mon ostéopathe…

— Ah oui, c'est ça ! Tu me l'as dit cet après-midi au téléphone mais le traiteur me parlait en même temps…

— Yves vient juste de divorcer, expliqua Martine en lui posant une main consolatrice sur le genou.

— Ah voilà, c'est ça. Oh, je suis désolée, compatit Nicole.

— C'est la vie, lâcha l'ostéopathe qui pouvait être philosophe à ses heures.

— Le divorce a été prononcé il y a quinze jours et sa femme est partie avec les enfants fêter ça sur un paquebot aux Bahamas.

— Fêter ça ? reprit Nicole, intriguée.

— Eh oui, raconta Martine, c'est ce qu'elle a écrit sur son Facebook : « Divorce officiellement prononcé avec le boulet. Trop contente. Me casse en croisière. Youpiiiiii ! »

— Ah oui, ah, quand même… désolée, lâcha Nicole.

— Il n'y a pas de mal, émit Yves en se passant une main sur son crâne chauve. Disons que… Je n'ai pas toujours été frétillant comme gars, mais là, je pense sombrer dans des abîmes…

— Ah zut, murmura Nicole.

— Mais non, il va mieux depuis qu'il a rencontré sa Titine, hein, mon bouchon ? affirma Martine.

— J'en doute pas, déclara Nicole, un peu inquiète. Martine est la joie de vivre incarnée. Elle va vous redonner le moral. Reprenez donc des saucisses cocktail avant que ma fille n'arrive, s'il vous plaît… Vite, vite. Si jamais elle voit qu'on a mangé du cochon, animal à qui elle fait des câlins comme si c'était un chaton, elle peut tous nous crever un œil avec un couteau à beurre. Et ce, sans froncer un sourcil…

— J'en ai bouffé dix-huit, avoua Martine.

— D'accord, comprit Yves en se penchant sur l'assiette, ça veut dire que le menu de ce soir va être sans viande ? Sans dinde ou chapon…

— Exact ! Et sans huîtres, ni saumon, renchérit Martine.

— Et, euh…, il y aura quoi, sans vouloir être indiscret ? demanda Yves.

— Je vous conseille de boire, en fait, lâcha Patrick.

— Non, chéri, ne dis pas de bêtises, enfin ! susurra Nicole dans sa direction. En plus, si monsieur conduit, imagine s'il termine notre soirée dans un platane…

— Mon rêve, balança Yves qui avait entendu, les yeux s'évadant on ne sait où.

Nicole et Patrick se regardèrent.

— Excusez-moi, vous prenez des antidépresseurs en ce moment ? s'inquiéta Nicole. Non parce que je dois le savoir. Je ne peux pas vous servir du champagne rosé ou du chablis comme je le fais depuis une heure parce que si vous le mélangez avec des médocs… Et si, en plus, vous avez l'intention de ramener ma sœur, alors là…

Yves esquissa un drôle de geste avec sa main, accompagné d'un mouvement d'épaule désabusé et totalement désespéré. On aurait dit Michel Houellebecq à qui on annonçait qu'il venait de se prendre une nouvelle fatwa.

— La mort rôde de toute façon, à quoi bon s'angoisser, ça se finira mal pour tout le monde, alors bon, tôt ou tard…, murmura le récent divorcé qui n'avait pas l'air de « fêter ça », lui.

— Quoi ? se redressa Nicole.

Elle qui avait fait un super beau discours sur la vie, la joie, les enfants, le bonheur et le petit Jésus ; il n'avait rien retenu, ce crâne d'œuf !

— Au pire, j'ai un abonnement Uber, ma choute, annonça Martine, qui, elle, n'avait pas prévu de finir dans un platane, ce soir.

— Au pire, tu dors là ! décréta Nicole.

***

— Waouh ! cria Audrey dans la voiture, les bras en l'air, alors que Stan venait de démarrer. Ah, j'étais persuadée que j'allais y passer la nuit ! T'as réussi à me sortir de là, encore une fois ! T'es trop fort !

— Ouais, euh, ce serait pas mal que tu ralentisses un peu les actions choc animalistes…

— T'es le meilleur, le mascu ! s'enthousiasma Audrey. Normal, on est les meilleurs aussi dans notre domaine, les abolitionnistes.

— Oui, euh, à ce propos…

— T'as même réussi à faire sortir tous les militants de notre association ! Oh, s'il te plaît, deviens notre avocat officiel !

— Oui, euh… je… Comment elle s'appelle déjà, cette assoce ?

— L'AEMPRASMH ! Tu le sais bien depuis le temps !

— Ah oui, c'est ça. Rappelle-moi ce que ça veut dire, déjà…

— L'Animal Est une Merveille Par Rapport Aux Sous-Merdes Humaines.

— Bien sûr. Tout à fait. Écoute, je le note. Tiens, essuie-toi, lui dit Stan en lui tendant un Kleenex qu'il venait de sortir de la poche interne de sa doudoune. C'est quoi, ce que tu as sur le visage ?

— Du sang d'intestins de cochon qu'on a trouvé sur place à l'abattoir.

— Hé oui… La dernière fois, t'en avais pas…

— Seulement quand on décide de faire un sitting ou une manif avec discours, en plus des actions choc…

— Ça sent un peu fort, confessa Stan tout en lui jetant quelques coups d'œil sur le côté.

— Quoi ? Le sang de boyaux de porc ? demanda Audrey en se regardant dans le miroir passager qu'elle venait d'abattre.

— Oui.

— Tu te souviens la première fois qu'on s'est vus, au resto, en famille ? demanda Audrey en s'essuyant. Quand la Charlotte nous a présenté « officiellement » son fiancé ?

— Oui, se remémora Stan.

— T'avais pris un boudin-purée, enfoiré ! Intestins de porc, c'est ce que j'ai sur la tronche ! Toi, t'en bouffes !

— Oui, et pourtant, ça n'a pas du tout la même odeur, je te jure !

— Tu t'en rappelles vraiment de ce déj, un dimanche midi chez Lipp ? rit Audrey en se regardant dans le petit miroir tout en se frottant la joue – le sang, séché depuis des heures, ne partait pas vraiment.

— Comme si c'était hier…

— Je t'ai haï et méprisé immédiatement avec ton double boudin : celui de ton assiette et celui que t'allais épouser…

— Oui, c'était formidable ! dit Stan.

— Arrête ! Après, en te connaissant, je t'ai trouvé cool, et surtout j'aimais bien ton humour… Je me disais : comment ce mec peut être amoureux de la psychorigide qui écoute de l'opéra allemand sur Radio Classique ?

— Justement à ce propos, il semblerait que…

— Je n'ai pas le temps de repasser chez moi prendre une douche ? Dis-moi ?

— Ben, c'est-à-dire que ta mère t'attend. T'es déjà super en retard…

— Je sais, je ne pensais pas que j'allais encore me faire une garde à vue !

— Tu te débarbouilleras chez tes parents, dit Stan, ou pas d'ailleurs, tu peux dîner comme ça…

— Ouais, de toute façon, je n'ai pas de robe, je n'ai pas de chaussures qui font mal aux pieds, je n'ai pas de cadeaux pour tes gamines, ni pour personne, je suis en fin de droits aux assedics…

— Pas grave, dit Stan.

***

Au réveillon, chez Nicole et Patrick, Charlotte accosta son père.

— Papick, faut que je te parle…

(Quand on a un Papa qui s'appelle Patrick, on lui donne du Papick depuis toujours.)

Charlotte entra dans la cuisine, suivie de son père, puis elle se retourna sans parvenir à enlever la main de son nez.

— Ça sent quoi, ici ? On se croirait à marée basse en Bretagne…

— Ce sont les petits fours aux algues. Ta mère a commandé un traiteur d'herbivores. Tu sais, ils appellent ça…

— Vegan. Oh, la vache, ça sent fort ! Je ne vais pas pouvoir avaler ça !

— Moi non plus, je conseille à tout le monde de s'enfiler quelques godets avant, histoire de s'anesthésier un peu le palais…

— Papick, commença Charlotte sans oser le regarder dans les yeux, je veux divorcer !

— Oh non, ma Lolotte, ne me dis pas ça !

— Je ne peux plus le voir et il ne peut plus me blairer !

— Quoi ? Mais enfin, ce n'est peut-être qu'un mauvais moment, il y a des hauts et des…

— Ces douze ans de mariage furent une conversation passionnante et ininterrompue, mais aujourd'hui, elle est terminée, Papick. On n'arrive plus à communiquer… Et on n'en a plus envie, en plus. *It's over…*

— Oh non, ne me dis pas ça, ma Lolotte. Tu ne sais pas où ta mère a planqué le rhum ? J'ai besoin d'une rasade de marin. Quand j'y repense, il n'y aura plus que ta mère et moi, mariés depuis quarante ans ?

— Quoi ? Dans toute la France ?

— Mais non, Lolotte, dans la famille…

— Ah oui, pardon. Oh, sûrement…

La sonnerie de la porte d'entrée mit fin aux confidences père-fille et « la délinquante » fit son apparition.

— C'est bon, j'ai rien ! L'opération « Ouvrons les abattoirs pour les fermer à jamais » s'est bien passée ! cria Audrey en entrant, suivi de son avocat de beau-frère, tandis que Nicole tenait la porte – ou plutôt se retenait à elle, en découvrant sa fille peinturlurée à l'hémoglobine. Un peu de commissariat, un peu de menottes dans le dos, une nouvelle déposition, une de plus, ils ont de quoi écrire ma bio, les keufs, mais sinon ça va, dit-elle en ôtant son blouson.

Tout le monde découvrit sa blouse jaune fluo sur laquelle était écrit en lettres noires : STOP ANIMAL HOLOCAUST.

Les jumelles se précipitèrent pour observer Tatarée avec son sang partout.

— Trop stylé, dit Cerise.

— Grave, renchérit l'autre, on se croirait dans *The Walking Dead*…

Charlotte bondit :

— Ne me dites pas que vous avez vu cette série, elle est interdite aux moins de seize ans, je ne plaisante pas, les filles !

— Mais non, Maman, juste des petits bouts…

« Comme tous les appareils sont connectés, pensa Stan, ordinateurs, tablettes, portables, tout le monde voit tout… Le iCloud, la mort de l'innocence de vos filles de douze ans, en plus de votre couple. »

Nicole détailla le visage de sa fille, barbouillée de sang séché :

— Quand je pense que tout à l'heure, j'ai dit à Charlotte que je trouvais qu'elle avait trop de blush sur les joues, toi, je ne sais plus quoi te dire…

— Ben dis rien, lâcha Audrey.

Elle se précipita vers le fauteuil où était sa tante Martine.

— Joyeux Noël, ma chérie ! s'écria Martine. Hou, ne m'embrasse pas, c'est pas la peine ! Tiens, je te présente Yves, mon nouveau compagnon.

Audrey serra la main du nouvel élu et regarda autour d'elle.

— Et Jacqueline ? demanda-t-elle en pensant à la troisième sœur, son autre tante, qu'elle ne voyait pas dans le salon.

— Elle n'a pas eu trop envie de venir cette année, avoua Martine.

— Quoi ? Encore à cause de moi ? Elle ne s'en est pas remise de cette histoire, l'année dernière ?

— Bah ma chérie, comment te dire…

— Mais quoi encore ? s'énerva Audrey. Elle arrive avec du foie gras et…

— Elle ne se rappelait plus, la pauvre, pour une fois qu'elle venait ! s'écria Martine, prenant la défense de sa sœur.

— Impossible pour moi de voir ma famille bouffer de la souffrance et de l'agonie. L'agonie ne se digère pas. Humain, tu dois connaître la torture dans ton assiette…

— J'entends bien, mais de là à balancer son foie gras de chez Fauchon par la fenêtre du cinquième…, soupira Martine.

— Oui, je sais, mais c'est vraiment ce qu'il faut faire pour enlever les mauvaises ondes, sinon notre karma est noir comme du goudron.

— Du coup, elle est retournée au réveillon de son club de Scrabble, cette année, déclara Martine.

— Tout le monde passe à table ! cria Nicole, il y a des petits sablés aux algues, des blinis, euh… sans saumon, des muffins fourrés aux épinards, un gratin de courgettes, un splendide risotto quinoa à la tomate de Provence…

— Beuuurkh…

Nicole se retourna pour voir ses petites filles, Augustine et Cerise, se mettre les doigts dans la bouche, comme si elles vomissaient de concert.

— Je propose qu'on mette directement la bûche au chocolat sur la table pour les petites, intervint Patrick.

Nicole approuva, Martine aussi.

— Oui, on a qu'à tous commencer par la bûche, on vomira dans l'ordre comme ça ! dit cette dernière en s'appuyant sur le dossier de sa chaise. Sinon, quelle jolie table ! J'aime beaucoup tes petites décorations ! Félicitations, Nicole !

À table, la vedette du jour, qui avait tout de même failli passer son réveillon au trou, répondait avec moult détails et une certaine satisfaction aux questions dont tout le monde la pressait. Audrey était en conférence de presse, Charlotte était invisible. D'ailleurs, Audrey l'aurait juré, sa sœur envoyait des textos sous la table…

— Activiste animaliste anti-spéciste, c'est un *full time* job, lança Audrey à la tablée. Figurez-vous que j'ai officiellement demandé à Stan qu'il devienne notre avocat attitré parce qu'en plus, je suis assez occupée avec mon autre assoce…

— Ah, parce qu'il y en a une autre ? demanda Martine.

— Oui, mon autre association féministe militante : la MACPOC !

— Ça veut dire quoi, déjà ?

— Mort À la Couillocratie Patriarcale Oppressive et Capitaliste !

L'assemblée s'arrêta, la fourchette suspendue.

— J'en ai les testicules qui rétrécissent, émit Yves qui reniflait tous les sablés aux algues un par un dans son assiette.

Sans relever la confession sur ce détail anatomique, Charlotte enchaîna, hautaine :

— Une association qui commence par : Mort À…

— Oui, normalement : c'est « Collectif contre », « Lutte contre ». Nous, on a mis directement « Mort à… », ça va plus vite. Au fait, j'ai une page Facebook qui réunit mes deux combats : Féministes Animalistes Radicales SANG Frontières, vous l'avez tous likée, j'espère ?

— Maman ne veut plus qu'on te suive sur Instagram, lâcha Augustine, sa petite-nièce.

À côté d'elle, Cerise recrachait son muffin aux épinards qu'elle venait de goûter en pensant que c'était du sucré.

— Ah non, ces photos d'animaux dans les abattoirs, j'en pouvais plus ! s'exclama Charlotte.

— Si tu continues à acheter, tu participes à la chaîne, répliqua Audrey. C'est fou ça, hein ? Tout le monde bouffe du thon, personne ne supporte de voir l'océan rouge sang…

— Ainsi est fait le monde, dit son père, fataliste.

— Ben non, justement, non, lâcha Audrey.

— Animaliste et féministe, c'est drôle, dit Yves, je ne les aurais pas imaginés ensemble, ces…

Il préféra ne pas terminer cette phrase.

— Ça va très bien ensemble, expliqua Audrey. C'est la suite logique, les deux sont complémentaires. Dès qu'on se libère de l'aliénation du patriarcat, on cesse d'être zoophage…

Cette phrase fut suivie d'un joli silence analytique, les convives tentant de la comprendre. Yves renonça aux algues et s'empara du plat de quinoa.

— Et puis, il faut dire ce qui est, annonça Audrey, mettant fin au silence, ce n'est pas la joie en ce moment. On se porte très mal, et ce, pour mes deux combats. D'un côté, l'élevage-esclavage s'intensifie et de l'autre, les femmes perdent des droits élémentaires dans certains coins de la France. C'est un cauchemar.

— Je suis d'accord avec ça. Qu'est-ce que vous comptez faire ? s'enquit Martine.

— Pfff, dans l'idéal ? demanda Audrey.

— Oui.

— L'idéal serait de tuer tout le monde.

Yves fut pris d'une quinte de toux et envoya une pluie de quinoa sur la nappe.

— Tous les oppresseurs : les religieux arriérés mentaux, les machistes gynéphobes, les tortionnaires, les esclavagistes, et tous les lobbyistes de l'agroalimentaire, expliqua Audrey. Bah oui, on régresse à cause d'eux, on ne s'en sort pas à cause d'eux et on ne peut pas discuter avec eux, donc…

— Qui reprend du gratin ? demanda Nicole. Ma fille est un peu extrémiste, s'excusa-t-elle.

— Un peu ? reprit Charlotte.

L'assemblée émit un petit rire poli.

— En fait, c'est un avocat pénaliste qu'il te faudrait, murmura Stan à son oreille.

— Tu crois ?

— Oui, et même un de la Cour pénale internationale de La Haye, si t'as prévu de faire un génocide…

— Non, mais tu vois ce que je veux dire, Stan, il est à refaire ce monde. Il faut le détruire et le reconstruire…

— Je comprends tout à fait, murmura l'avocat à son oreille. Je t'aiderai pour tout ce que tu voudras…

Audrey le regarda, ébahie, comme si elle le voyait pour la première fois.

— Je déteste la souffrance animale, ajouta Stan.

— Ne dis pas ça, chuchota Audrey. Je suis tombée amoureuse de tous les hommes qui ont prononcé cette phrase.

En face, Charlotte les fusillait du regard. Que signifiaient ces messes basses emplies de complicité et de tendresse ? Stan lui rendit son regard, plein de défiance. Charlotte comprit qu'il savait, il était au courant de la romance qu'elle vivait actuellement avec son patron. Comment avait-il pu l'apprendre ? Elle n'en avait aucune idée. D'ailleurs, Charlotte ne savait pas elle-même comment cette *love affair* avait pu lui tomber dessus, un beau matin, alors que son patron, chemise ouverte et dents ultra-blanches, venait de la complimenter pour son intelligence et son sens du management devant toute son équipe. Petit Cupidon était arrivé et *bim !*, flèche fatale.

Stan ne fut pas mécontent de son regard. Charlotte venait de comprendre et elle allait moins la ramener maintenant. Néanmoins, une certaine tension s'installa autour de la table, les convives réalisant qu'il y avait de l'eau dans le gaz dans la famille parfaite. Stan se leva et demanda à la tablée de l'excuser.

— Sinon, tu comptes te trouver un vrai boulot, un jour ? demanda Charlotte, profitant de l'absence de son défenseur pour humilier sa sœur.

— Ouais, c'est prévu…

— Elle n'arrête pas de se faire virer de partout, raconta Charlotte. Elle a été vendeuse dans une parfumerie, elle a jeté les crèmes qui avait été testées en labo sur des animaux…

— Je ne les ai pas jetées, juste planquées dans le tiroir du bas au lieu de les mettre en vitrine.

— Après, elle a travaillé comme réceptionniste dans un très bel hôtel et là encore…

— La patronne est arrivée un jour avec un manteau de fourrure ignoble, c'était du renard argenté, j'ai juste dit : « Gare ton cheval dehors, Cruella ! » et elle l'a mal pris…

— Tout le monde ne peut pas avoir des relations idylliques avec son patron, déclara Stan en revenant s'asseoir. C'est même assez rare. C'est une chance, continua-t-il en observant Charlotte. Ça se passe bien, toi, n'est-ce pas ? demanda Stan à sa femme en resservant du vin blanc à Audrey. En ce moment, elle reste jusqu'à vingt et une heures au bureau quand tout le monde est parti à dix-sept heures…

Charlotte ne répondit pas. Un silence ombrageux s'installa, rompu par deux petites notes annonçant un texto. Charlotte prit son portable, resté sur ses genoux, et jeta un coup d'œil rapide.

— C'est lui ? C'est ton patron ? s'enquit Stan, il te souhaite un joyeux Noël en famille ? C'est ça ? Il te dit qu'il pense à toi ?

Silence et chape de plomb.

— C'est quand les cadeaux ? demanda Cerise, en bout de table.

— Maintenant ! crièrent synchro les grands-parents.

— *Thank God!* murmura Martine.

— Purée, quelle tension ici, fit Yves, redonne-moi un demi-Xanax avec du chablis.

— Arrête, dit Martine en se levant, suivie de toute la tablée.

— Ils ne vont pas faire long feu ensemble, ces deux-là, murmura Yves. Super dangereux de divorcer d'un avocat. La hyène enragée, l'avocate de ma femme, a réussi à lui refiler mon vieux bateau de pêche, dont elle se foutait comme d'une guigne…

Patrick et Nicole partirent dans leur chambre et revinrent avec tous les cadeaux qu'ils installèrent au pied du sapin. Les jumelles hurlèrent de bonheur en découvrant leur nouvel iPhone. Patrick sembla heureux du super blouson d'aviateur offert par sa femme. En revanche, Nicole fut surprise de découvrir une Cocotte-Minute.

— Le cadeau sexiste par excellence, interféra Audrey.

— Tu m'as dit que tu n'aimais plus l'autre, se justifia Patrick.

— C'est vrai, concéda Nicole.

— Papick ! Pour Noël, quand même, le sermonna Audrey alors que Stan lui remettait quelque chose dans les mains.

— Désolé, je n'avais pas d'idée pour cette année, s'excusa Patrick.

Mais les surprises ne s'arrêtèrent pas là. Audrey déballa le cadeau de Stan et fut sidérée de découvrir un bijou Cartier. Un magnifique bracelet agrafe en or jaune. Il était splendide. Audrey n'osait même pas le toucher et resta hébétée devant l'écrin.

— C'est trop, parvint-elle à dire.

— Pour une fois, on est d'accord, répondit Charlotte en déchirant nerveusement le papier d'un objet rectangulaire, offert par son mari, pour découvrir le dernier roman de Jean d'Ormesson : *Je dirais malgré tout que cette vie fut belle*.

Charlotte crut halluciner : un bracelet Cartier pour Audrey et un livre pour elle. Elle comprit, le souffle coupé. Quand Stan s'était éclipsé tout à l'heure, il avait échangé les petites cartes avec les noms sur les cadeaux. Audrey se retrouvait avec son bracelet et elle avec son bouquin. Charlotte soupesa, l'air ahuri, le pavé de Jean d'O. comme une brique qu'on venait de lui jeter en travers du visage, tandis que Stan passait le bracelet autour du poignet d'Audrey. Comme si cela ne suffisait pas, Audrey passa ses deux bras autour du cou de Stan. La famille médusée n'osait comprendre ce qu'il se déroulait sous ses yeux. La palme du déni fut attribuée à Nicole qui, devant une Charlotte dont la mine était défigurée par la colère et l'humiliation, s'écria :

— Oh, quelle chance ! Jean d'Ormesson, j'adore !

Le pire était que Stan entourait maintenant Audrey, les bras sur ses reins ; les deux ne se lâchaient plus, la tête d'Audrey posée dans le cou de Stan, ils se balançaient doucement et tendrement les yeux fermés, se foutant des regards obliques, comme aurait dit Brassens.

— Il reste de la bûche ! cria Nicole qui ne savait plus quoi faire pour que les convives regardent ailleurs.

Même Yves avec son énorme puzzle de trois mille pièces sur les genoux, offert par Martine pour les longues soirées d'hiver, n'arrivait pas à détacher les yeux du nouveau couple. Il en était de même pour Martine, son parfum dans les mains.

— Dior, j'adore ! réitéra Nicole.

Seules les jumelles, obsédées par leurs portables qu'elles découvraient, ne captaient rien de l'ambiance étrange. Quand elles partirent dans la chambre des grands-parents pour les recharger, Stan en profita, releva doucement la tête d'Audrey et l'embrassa sur les lèvres, très sensuellement.

— Sinon, il y a de la glace dans le congèle ! hurla Nicole. Si quelqu'un veut… Euh, vanille, je crois…

— Et pistache aussi, cria Patrick à son tour. Vous voulez qu'on mette un peu de musique ?

— Non, c'est bon, ne vous fatiguez pas, dit Charlotte en se levant. Les filles, on s'en va ! annonça-t-elle en allant les chercher dans la chambre.

Audrey se désengagea des bras de son… Elle ne savait plus. Sauveur, avocat, beau-frère, prince charmant ? Elle était comme sonnée.

Tandis que Charlotte revenait avec les filles, Nicole glissa sa petite enveloppe dans la poche arrière du jean d'Audrey. Elle lui donnait quelques billets du Père Noël.

— C'est ça, paie-là en plus, marmonna Charlotte, c'est vrai qu'elle le mérite ! Exploit sur exploit, elle nous aura fait ! Quant à toi, ce n'est pas la peine de rentrer, dit-elle en arrivant à la hauteur du galocheur.

— J'en avais pas l'intention, répliqua Stan.

— Non, mes enfants, allons, allons ! Mettons tout ça à plat et on réfléchira demain à la situation, commença Patrick.

— Pas la peine, le coupa Charlotte. Les filles, dites au revoir ! Donne-moi les clés de la voiture, ordonna-t-elle à Stan.

— Quand je pense, dit Nicole en prenant Audrey par le bras, que tu appelles toutes les femmes du monde tes sœurs. « Mes sœurs de combat par-ci, mes sœurs par-là »… tu ne parles que de sororité alors que t'en as une en vrai, de sœur, et tu la…

— Conchies ? Oui, la vie est mal faite.

— Je raccompagne Audrey chez elle, annonça Stan.

— Mais qu'est-ce qu'il vous prend ce soir, Stanislas ? s'enquit Nicole d'un ton suppliant.

— Ça alors, ça m'a requinqué cette soirée ! avoua Yves à Martine, tandis que les jumelles embrassaient tout le monde, surtout leur père, assez étonnées d'entendre qu'il allait passer un peu de temps chez Tata.

— Ah bon ? dit Martine.

Tout le monde sursauta en entendant la porte claquer très sèchement.

— C'est la première fois que j'assiste à un réveillon où un type arrive avec sa femme et repart avec sa frangine, ça me remonte le moral, tu ne peux pas savoir… Viens, on va marcher un peu, je suis en joie, je ne sais pas pourquoi.

Martine et Yves ayant pris congé, Nicole s'adressa à sa fille et à celui qui était toujours son gendre.

— C'était quoi ce cirque ?

— J'ai un crush pour Stan, avoua Audrey.

— Et t'as vu le crash avec ta sœur ? répondit Nicole.

— J'assume les deux, intervint Stan en mettant sa doudoune sur les épaules d'Audrey. Le crush et le crash.

Il déposa un léger baiser sur ses lèvres.

— Ah, je ne m'y ferai jamais ! s'écria Patrick en détournant la tête, dégoûté.

— Moi pareil, dit Nicole qui avait fermé les yeux en grimaçant, vous allez réparer vos crush et vos crash et revenir avec la normale…

— Avec la fille normale, tu veux dire, Maman ?

— Non, que ça revienne à la normale, que tout rentre dans l'ordre, quoi… Qu'est-ce que j'ai dit ? Vous rentrez comment ?

— J'ai un abonnement de taxi. Je viens d'en appeler un…

— Le mascu a tout prévu ! cria Audrey.

— Ne vous inquiétez pas, Nicole, que je sois avec l'une ou avec l'autre de vos filles, on sera toujours la famille parfaite. Joyeux Noël, Nicole !

— Au revoir, Papa ! cria Audrey, tandis que Stan la prenait par la main et l'entraînait devant l'ascenseur.

Patrick referma la porte et observa sa femme.

— Un désastre, cette famille, lâcha Nicole.

Une fois dehors, Stan entoura Audrey de ses bras. Il la plaqua contre le mur de l'immeuble et l'embrassa de nouveau.

— Stan, dit doucement Audrey, les yeux toujours fermés.

— Oui…

— Je crois qu'on a mis un beau bordel.

— Je crois…

— Après ça, je me demande ce qu'on va faire pour le réveillon du Nouvel An…

— On a une semaine pour réfléchir.

Il l'embrassa de nouveau. Sans bruit et en douceur, quelques flocons commencèrent à tomber autour d'eux.

***

Dans l'Essonne, la neige tombait aussi. Dans une rue déserte, l'on pouvait discerner trois cochons, récemment rescapés d'une mort certaine, assis sagement sous un abri de bus comme s'ils l'attendaient…

Y AURA-T-IL TROP DE NEIGE À NOËL ?

*

Tonie Behar

Ce n'est pas que j'aime tout contrôler, comme me le reproche parfois mon fiancé Henri, mais je préfère que certaines choses se passent exactement comme je le prévois. Et par-dessus tout, le réveillon de Noël. Parce que j'adore Noël. Pour moi, c'est la fête du « froid dehors et chaud dedans ». J'ai des envies de forêts enneigées, de flocons de givre sur la fenêtre alors que je suis douillettement chez moi, avec un thé parfumé et un sapin décoré comme ceux de chez Saks sur la Cinquième Avenue. Il est vrai que j'ai grandi à New York, où l'on voue un culte à « Christmas » comme si c'était le Dieu de l'hiver, du shopping et du Coca-Cola.

Cette année, pour la première fois depuis très longtemps, je passe les fêtes à Paris. Le cabinet d'avocats où je collabore à Manhattan m'a envoyée me former aux méthodes françaises de gestion de divorce dans son bureau parisien. C'est là que j'ai rencontré Henri qui travaille au département des fusions et acquisitions. Nous sommes les deux seuls Noirs du cabinet, exactement comme Barack et Michelle Obama, mes héros vivants. Même si, je dois l'avouer, Henri est un peu moins sexy que le président.

Ce soir, bien que je sois loin de ma famille, j'ai décidé de passer le plus parfait des réveillons. Et je dois dire que je suis fière du résultat : un feu flambe dans la cheminée, une couverture en fausse fourrure est jetée sur le canapé, le grand sapin scintille en rouge et or et des bougies couleur miel sont allumées un peu partout. J'habite un appartement sous les toits mais on dirait vraiment que je vis dans un chalet – sauf qu'au lieu des monts enneigés du Montana, j'aperçois le Sacré-Cœur ! J'ai contemplé ma jolie table dressée pour deux avec satisfaction : nappe blanche parsemée d'étoiles, chandelles et couronne de houx. Il ne manque plus qu'Henri qui doit arriver à vingt heures pile. À huit heures moins dix, je lui ai envoyé un texto pour lui demander de ne pas oublier la neige pour le dessert ! Une plaisanterie entre nous. On espère qu'il neigera à minuit pour que notre réveillon soit vraiment merveilleux et on se blottira sous ma grosse couette aux draps blancs comme de la poudreuse.

À vingt heures, j'ai entendu sonner à l'interphone et, sur l'écran de surveillance, j'ai vu Henri caché derrière un énorme bouquet de fleurs blanches. J'ai composé le code pour ouvrir et je me suis précipitée devant le miroir une dernière fois pour m'assurer que j'étais telle que je l'avais souhaité. Sans fausse modestie, ce soir, Beyoncé n'a qu'à bien se tenir, Nina est dans la place ! Mes cheveux lissés et d'une adorable couleur miel foncé me tombent au milieu du dos, ma robe fourreau rouge moule mes formes exactement où il faut. Mes escarpins me font le pied cambré. J'ai même poussé le style jusqu'à me faire un nail art de Noël. Mes ongles rouges sont tous ornés de flocons blancs ! Ma devise : « Dieu est dans les détails. » Je ne laisse jamais rien au hasard. C'est trop dangereux. Et puis je me suis postée devant l'ascenseur pour accueillir Henri. Mais ce n'est pas lui qui en est sorti.

C'est un inconnu, avec un bonnet noir, des yeux verts et la peau blanche. Autant dire que ça m'a fait un choc. Puis j'ai compris que c'était un livreur et qu'Henri me faisait porter des fleurs ! Ça m'a surprise parce que ce n'est pas un grand romantique. C'est plutôt le genre à s'acheter du pop-corn au cinéma et oublier de m'en proposer. Mais c'est Noël après tout, les miracles arrivent.

— Je viens pour la neige, a dit l'inconnu en me dévisageant avec un peu trop d'insistance.

— C'est trop mignon ! ai-je dit en détaillant le bouquet (des chrysanthèmes, vraiment ?). C'est Henri qui vous envoie ?

— Non, c'est Antoine Paoli. Vous en voulez deux grammes, c'est ça ?

— Pardon ?

— Vous n'êtes pas Edwige Morel ?

— Ah non ! C'est ma voisine ! Vous vous êtes trompé d'étage ! Elle habite au sixième et moi, je suis au septième !

J'ai masqué ma déception sous un sourire. J'aurais a-do-ré qu'Henri m'offre ces fleurs. Puis je me suis consolée en me disant qu'elles étaient bonnes pour le cimetière.

— Entrez dans l'ascenseur, je vais vous faire descendre.

Mon appartement a une particularité : l'ascenseur arrive directement chez moi. C'est d'ailleurs ce qui m'a fait craquer le jour où je l'ai visité. Il a des murs en pente, on se cogne la tête contre les mansardes, on étouffe en été et on se gèle en hiver, mais il a une vue sublime sur les toits de Paris et l'ascenseur qui s'ouvre dans le salon. Du coup, il faut activer un système de sécurité digne d'une banque suisse pour rejoindre – ou quitter – mon septième ciel. J'ai donc composé mes différents codes pour que ce type dégage avant l'arrivée d'Henri ; mais ça n'a pas marché.

— Dépêchez-vous, j'ai plein d'autres livraisons !

J'avais envie de lui dire que c'était moi qui étais pressée de me débarrasser de lui, mais je me suis retenue parce qu'il bosse le soir de Noël, ce qui est très courageux. J'ai à nouveau tapé les codes, puis j'ai commencé à m'énerver sur tous les boutons. Comme rien ne se passait, j'ai tiré la sonnette d'alarme. On a entendu un sifflement étrange et tout s'est éteint.

— Qu'est-ce qu'il se passe ? a demandé le livreur.

— Je ne sais pas trop… on dirait qu'il ne marche plus.

— Je vous ai vu trafiquer les boutons d'une manière bizarre.

— Pas du tout !

— Laissez-moi regarder !

— Vous n'y arriverez pas mieux que moi !

Je déteste les hommes qui pensent être mieux qualifiés que les femmes pour résoudre un problème mécanique. Le mec a tripoté les touches sans plus de succès.

— Ouais. Où est le compteur électrique ?

— Dans la cuisine.

On a marché à tâtons dans l'appart. J'avais mis des bougies partout, mais ça n'a pas empêché le type de se cogner la tête contre une poutre en jurant « putain de bordel de merde ». Aidé de la torche de son smartphone, il a regardé le tableau électrique.

— Poussez-vous ! ai-je ordonné.

Puis j'ai tenté de faire repartir l'électricité. En vain.

— Les plombs n'ont pas sauté, c'est une panne de courant. Il y a un autre moyen de sortir de l'appart ? Un escalier de service ?

— Je n'ai pas la clé de la porte de service. Elle est au Portugal avec la femme de ménage ! Elles reviennent le 3 janvier…

J'ai conscience que ma voix est montée très haut dans les aigus en prononçant ces mots, alors que je suis plutôt connue pour garder mon self control, mais il faut me comprendre : j'ai une dinde pas cuite au four, *La vie est belle* de Capra dans mon lecteur DVD, *Let it snow* de Frank Sinatra dans mon iPhone et un inconnu dans mon salon. Pour couronner le tout, mon fiancé doit arriver dans les dix secondes et ne pourra peut-être pas monter. Le téléphone du livreur a sonné.

— Oui, Edwige. Je suis bloqué au septième étage. Vous avez de l'électricité chez vous ? Non plus ? Je règle ça et je vous rappelle dans deux minutes.

Puis il m'a regardée et m'a demandé si j'avais un sac et une corde.

— Vous voulez lui livrer les fleurs par la fenêtre ? Je ne sais pas si j'en aurai un assez grand.

— Rien à foutre des fleurs, c'est juste pour pas me faire repérer par la caméra de surveillance. C'est pour la neige. Un sac en plastique suffira.

Ce faisant, je l'ai vu sortir une grosse enveloppe kraft de l'intérieur sa veste. Il en a extirpé deux petits sachets de plastique transparent contenant une espèce de poudre blanche de la consistance du talc.

— Vous voyez, c'est tout petit !

— Qu'est-ce que c'est que ça ?!

Mais je connaissais déjà la réponse. Et soudain l'horrible vérité m'est apparue. J'étais coincée chez moi, dans le noir, le soir du réveillon, avec un dealer de cocaïne.

— Alors ? Une corde ? Un sac ?

— Vous ne croyez pas qu'on devrait plutôt s'occuper de l'électricité ? Mon fiancé doit arriver d'une minute à l'autre (et j'adorerais que vous dégagiez de ma vue le plus vite possible).

— Réglons les problèmes les uns après les autres. Sinon la cliente ne va pas me lâcher et je risque d'avoir mon oncle sur le dos. Il vaut mieux éviter.

Je n'ai pas aimé. Pas du tout. D'abord, je déteste que quelqu'un décide de l'ordre des priorités à ma place. Ensuite, il y avait cette menace à peine voilée dans ses derniers mots. Mon cerveau a fabriqué une dizaine de scénarios parmi lesquels me faire arrêter pour complicité de trafic de drogue et passer le reste de mes jours en prison était le moins terrifiant. J'ai beaucoup d'imagination. C'est pour ça que j'ai besoin de contrôler les événements. Je me suis donc mise à chercher une corde assez longue pour atteindre l'étage inférieur, ce qui n'a pas été évident. J'ai fini par trouver le bolduc orné de flocons scintillants que j'avais acheté pour emballer mes cadeaux de Noël.

— Sans déconner ! Vous n'avez pas plus ridicule ?

— Moi aussi, j'aurais préféré une corde. Pour vous pendre avec !

— Ah, je vois. Vous êtes ce genre.

— Quel genre ?

— Chiante.

J'ai pris sur moi, très fort, pour ne pas en rajouter. Je connais ce genre d'individus dangereux. Il ne faut pas les énerver. Quoique celui-là avait l'air plutôt inoffensif avec ses yeux vert sapin, ses cheveux légèrement bouclés et son sourire ironique. Mais il faut se méfier des types charmants. J'en croise tous les jours dans mon bureau et croyez-moi, ils sont capables du pire quand il s'agit d'emmerder leur future ex-femme. Je lui ai donc sèchement rétorqué que c'était tout ce que j'avais. Il a fixé le ruban à un vieux sac en plastique.

— Attendez ! ai-je dit en lui tendant un mignon shopping bag orné d'un sapin. C'est Noël, après tout !

— Vous êtes une grande malade !

Mais il a ri et a changé le sac. Puis il a appelé sa cliente pour lui dire de se poster à la fenêtre : elle devrait d'abord lui remettre l'argent. Il a commencé à faire descendre le sac. Un froid polaire s'est engouffré dans la pièce. J'étais quasi sûre que ma voisine allait refuser de payer avant d'avoir la marchandise (c'est du moins ce que j'aurais fait, dans le cas hautement improbable où j'aurais été contrainte de recevoir une livraison de coke par la fenêtre. Mais de un, je ne me drogue pas, et de deux, jamais je ne laisserais mon argent se balancer à cinquante mètres du sol), mais il faut croire que nous sommes tous différents, car le mignon shopping bac est remonté et celui qu'il faut bien appeler « le dealer » a promptement glissé une liasse de billets dans la poche de son jean. Ensuite la cocaïne a emprunté le même chemin que la monnaie et la fenêtre s'est refermée.

— Bon. Maintenant, réfléchissons bien. Comment je vais pouvoir me tirer d'ici ? Montrez-moi si on peut passer par le toit.

Je trouve que ce mec a une façon de prendre la direction des opérations vraiment pénible, d'autant plus qu'il est sur mon territoire. J'étais en train de lui expliquer que ce n'était même pas la peine d'y penser – on n'est pas à New York et il n'y a pas d'échelle de secours sur les immeubles haussmanniens – quand mon téléphone a sonné. C'était Henri !

— Mon cœur, je suis désolée ! me suis-je écriée. C'est une petite panne de rien du tout. Je vais arranger ça dans cinq minutes et on pourra célébrer notre réveillon !

— Euh… Nina, attends ! a dit Henri. J'aurai un peu de retard.

— Combien de temps ?

— Hum… je ne suis pas encore à Paris, en fait. J'ai passé l'après-midi dans la maison de campagne de mon pote Simon et il y a des embouteillages…

J'ai pris une profonde inspiration et je lui ai demandé où il était exactement.

— Je ne suis pas encore tout à fait parti… Je pense être là dans une heure, deux maximum.

J'ai regardé ma montre et j'ai réalisé qu'il était neuf heures ! Il avait déjà une heure de retard et s'imaginait que j'allais encore l'attendre cent vingt minutes de plus ? C'est alors que j'ai entendu des rires derrière lui. Des rires féminins.

— Tu es sûr que tu es avec Simon ?

— On est plusieurs, en fait… des copains à lui. Écoute, je suis désolé, je me suis laissé entraîner, on a un peu bu, on s'amuse… enfin, tu sais ce que c'est.

— Non, je ne sais pas, explique-moi.

— Ce n'était pas prévu, mais une chose entraînant l'autre…

— Tu es à un autre réveillon, c'est ça ?

— En quelque sorte… mais si tu veux, j'arrive !

— Non ! Et surtout, ne viens plus jamais !

J'ai raccroché en ayant l'impression de m'être pris une avalanche en plein cœur. J'ai contemplé mon beau sapin, mes bougies, les guirlandes lumineuses qui n'éclairaient plus rien, le feu qui se mourait dans l'âtre et je me suis sentie horriblement seule. Seule comme jamais je ne l'avais été. J'allais hurler, casser quelque chose, j'allais…

— Si je peux me permettre, ce mec est un connard. Abandonner sa meuf le soir de Noël, il n'a aucun honneur ou quoi ? Il se prend pour qui ?

J'allais oublier le dealer ! Mais il était toujours là, planté au milieu du salon, avec sa coke dans une poche et ses billets dans une autre.

— Dire que je ne suis pas allée voir mes parents à New York pour passer Noël avec lui !

Et là, à ma grande honte, j'ai commencé à pleurer. Ça a été plus fort que moi, mais à l'idée de mon père, ma mère, mon frère et ma sœur, de notre appartement de Manhattan si chaleureux, le chagrin a pris le dessus. Dans ma famille, Noël est magique. Quand nous sommes tous réunis, il y a quelque chose dans l'air qui nous fait croire que ce soir-là, les hommes peuvent être meilleurs, les anges se manifester et les choses s'arranger. Au lieu de ça, je suis toute seule à Paris, abandonnée comme une plage en hiver. L'inconnu a fait un pas vers moi et je me suis retrouvée à renifler contre son épaule.

— Ne vous inquiétez pas. Bientôt, vous allez vous rendre compte que c'est un mal pour un bien. Vous ne pouviez pas rester avec un con pareil ! a-t-il murmuré en me tapotant le dos.

Le moment était sans doute inapproprié, mais j'ai remarqué qu'il sentait bon.

— Ce n'est pas du tout ce que j'avais prévu pour Noël ! ai-je pleurniché.

— Et vous n'aimez pas que les choses ne se passent pas comme prévu ?

— Non !

— Il faut parfois savoir prendre la vie comme elle vient.

— Mais comment ?

— Eh bien, par exemple… vous avez faim ?

Évidemment, j'ai dit non. Je sais que ça partait d'un bon sentiment, mais ce mec est chez moi depuis moins d'une heure et c'est lui qui m'invite à dîner.

— Parce que moi, j'ai la dalle…

J'ai levé les yeux jusqu'à la dernière galaxie visible et poussé un soupir à faire tourner les ailes du Moulin Rouge, puis je lui ai dit que j'allais voir ce que je pouvais faire, vu que ma dinde n'avait pas eu le temps de cuire ! Dans le réfrigérateur, j'ai trouvé du saumon fumé, des blinis, du tarama, de la salade, du fromage, une bûche et du champagne. J'ai tout mis sur un plateau. Entre-temps, il avait ranimé le feu et rapatrié les bougies près de la table basse pour qu'on y voie un peu plus clair. J'ai déposé mon butin et gobé un blini parce que je mourais de faim. C'est plus fort que moi, le chagrin m'affame. Le dealer a débouché le champagne et l'a versé dans des flûtes. On a trinqué. Puis il m'a tendu la main :

— Bonsoir, Ange Paoli.

Je la lui ai serrée et j'ai répondu :

— Nina Samba.

— Ravi de faire votre connaissance.

— Pas moi. Ce soir, je ne peux pas être ravie. Désolée.

On a mangé en silence et oui, tout était délicieux, comme je l'avais prévu.

— Votre Henri, là… vous êtes vraiment amoureuse de lui ?

J'ai vidé ma flûte avant de répondre.

— Il est comme moi, il est avocat…

— Et vous avez prévu de vous marier avec un avocat, c'est ça ?

— Je sais ce que vous pensez, mais ce n'est pas si débile. Quand on anticipe, on évite les risques. Je n'aime pas l'imprévu, je déteste les surprises. Quand j'étais toute petite, mes parents ont quitté Brazzaville pour venir en France. Et ensuite, quand j'ai eu dix ans, on a déménagé pour New York. J'ai haï être déracinée comme ça. Deux fois, j'ai dû apprendre à m'adapter et donc à prévoir…

— Oui, mais on ne peut pas toujours tout contrôler. La preuve.

Son téléphone a sonné. Il a sursauté et a murmuré « Merde ! Mon oncle ! » et je me suis vue morte au fond de la Seine avec un rocher autour du cou.

— Désolé, tonton Anto, je suis coincé chez une cliente à Montmartre. Il y a une panne de courant et je ne peux pas quitter les lieux. Je t'expliquerai… Ben non, je ne peux pas les faire… Je sais que c'est emmerdant… C'est pas la peine de t'énerver ! Envoie Enzo récupérer la dope, je la lui enverrai par la fenêtre et il pourra faire les livraisons. Je sais que je t'ai donné ma parole. Mais tonton, c'est Noël !

Il m'a balancé un clin d'œil avec un sourire à faire se pâmer tout un pensionnat.

— Merci, tonton ! J'attends Enzo. Oui, on se voit demain à Figari.

Ange a raccroché et a dit :

— Mon cousin arrive.

Puis il a continué à s'empiffrer tranquillement de bûche au chocolat. Je crois que je n'ai jamais rencontré quelqu'un d'aussi détendu que lui.

— Comment on devient dealer ?

— Ah ! Mais je ne suis pas dealer ! Je fais ça ce soir pour dépanner mon oncle. Tous ses gars sont en famille avec leurs gosses. Et pour les Corses, Noël, c'est sacré. Comme je ne suis pas marié, je n'ai pas d'enfant, mon oncle m'a demandé d'assurer les livraisons de la soirée.

— Mais ton oncle, lui, il est…

— Un homme d'affaires avec des activités très diversifiées.

— Mais alors, qu'est-ce que tu fais dans la vie ?

— Je suis avocat.

J'avoue, sur le moment, je n'ai pas compris s'il parlait sérieusement, j'en suis restée muette. Ange a éclaté de rire.

— Je plaisante ! C'était pour voir ta réaction à l'idée qu'on serait professionnellement compatibles ! Je suis loueur de bateaux. J'ai une flotte que je loue aux vacanciers pendant la saison.

Pour la quatrième fois de la soirée, la sonnerie du téléphone nous a interrompus.

— Oh cousin ?! T'es là ? Cinq minutes ? OK, je te prépare la came.

Il s'est tourné vers moi et a demandé :

— Il reste du bolduc ?

Il en restait. Je suis une fille prévoyante et j'achète toujours plutôt trop que pas assez. Ange a pris sa grosse enveloppe et cette fois, on l'a enveloppée dans un sac plastique bien moche mais solide qu'on a accroché au bolduc. Puis on a ouvert la fenêtre. Le cousin était en bas, casqué de noir, à califourchon sur sa moto. Ange a commencé à dérouler le ruban. On voyait le sachet qui descendait doucement le long de la façade en ballottant au-dessus du vide. À voir la taille du paquet, je me disais qu'il y en aurait pour tout Paris.

— Merde ! c'est trop court !

— Laisse tomber la neige ! a crié le cousin.

Ange a lâché le ruban. On a vu le sac chuter rapidement et atterrir… sur le balcon du deuxième étage.

— Oh merde ! Merde ! Putain de bordel de merde !

— J'ai l'impression que vous êtes en train de perdre votre calme légendaire.

— Oh putain ! Putain ! Putain !

— Détendez-vous ! J'ai le numéro de la voisine !

— Cette fois, il va me tuer. Il va me massacrer. Je vais mourir ! Adieu le monde.

Pendant qu'il perdait ses nerfs, j'ai dégainé mon téléphone et appelé la voisine du deuxième étage. J'ai son numéro, car je garde parfois son chat Natova.

— Allô, madame Levy ? C'est Nina. Je suis désolée de vous déranger le soir de Noël.

— Est-ce que j'ai un nom à fêter Noël ? Chez moi, c'est Hanoukka. La fête des Lumières ! Que je passe dans le noir, soit dit en passant. Chez toi non plus, il n'y a pas de courant ?

— Non, justement ! Je ne peux plus sortir de chez moi. C'est pourquoi j'ai un petit service à vous demander : est-ce que pouvez aller sur votre balcon ?

— Par cette caillance ?

— J'ai fait tomber un paquet ! Si vous pouviez avoir la gentillesse de le ramasser et de le jeter au jeune homme qui se trouve juste sous votre fenêtre. C'est son cadeau de Noël.

— C'est bien parce que ma chatte t'apprécie et que je m'emmerde comme un macchabée avec cette panne.

C'est ainsi que Mme Levy est sortie de son lit pour envoyer de ses mains innocentes un sac plein de cocaïne au dealer casqué qui attendait en bas de chez elle. Celui-ci a enfourché sa moto et a fait vrombir son moteur, comme un sombre Père Noël partant livrer ses cadeaux maléfiques. Ange a poussé un immense soupir de soulagement.

— Oh putain ! Merci, tu m'as sauvé la vie !

— J'ai cru comprendre.

On a refermé la fenêtre. Il m'a aidée à rapporter les assiettes vides à la cuisine. Quand tout a été débarrassé, on s'est à nouveau posés devant le feu qui crépitait joyeusement. Les bougies diffusaient un parfum de miel et de pin, leurs flammes dansantes faisaient scintiller les boules dorées du sapin. J'ai pensé à Henri qui avait eu la noirceur d'âme de me planter justement ce soir. Quelle horrible façon de dire à quelqu'un qu'il ne l'intéresse pas assez. Pourquoi m'avoir laissé organiser ce réveillon ? Puis j'ai réalisé qu'il n'avait sans doute pas prémédité son geste. Il s'était simplement rendu compte qu'une soirée avec des inconnu(e)s le tentait plus qu'un tête-à-tête avec moi. C'était trop triste. Je me suis demandé comment j'avais pu m'aveugler à ce point. À force de vouloir faire entrer ma vie dans des cases, je suis passée à côté des signes les plus évidents ! Ange m'a resservi du champagne et m'a demandé ce que j'avais prévu pour la suite de ma soirée parfaite.

— Regarder un film de Noël en DVD ! ai-je grimacé.

— Encore raté !

Il a bu une gorgée de champagne.

— Mais on n'a pas besoin de télé ! On a le plus beau spectacle du monde juste sous nos yeux ! Tu es déjà montée sur le toit ?

— Oh non !

Il s'était levé et me tendait la main. Avec ses boucles brunes et les flammes qui se reflétaient dans ses yeux verts, il était la tentation incarnée.

— Allez ! Laisse entrer un peu d'improvisation dans ta vie !

— Non et non, pas question ! C'est super dangereux.

Mais il avait déjà ouvert la fenêtre et installé une chaise devant. Il s'est tourné vers moi pour me demander si je n'avais pas d'autres chaussures. J'ai regardé mes escarpins avec regret, puis je suis allée me chercher une paire de baskets. J'en ai profité pour enfiler un jean et un gros pull, puis j'ai attrapé la couverture en fausse fourrure en me disant qu'on risquait d'en avoir besoin. Finalement, ce n'était pas très compliqué d'enjamber la fenêtre et d'escalader le toit. Il suffisait de ne pas regarder en dessous ! On s'est calés entre deux cheminées, la couverture sur nos épaules telle une tente chaude et protectrice. L'air était d'une pureté de cristal, comme si le froid extrême avait tué toutes les particules de pollution, et aucun nuage n'avait le culot de dissimuler les étoiles. Elles scintillaient glorieusement dans la nuit marine et Paris s'étalait devant nous, avec ses avenues illuminées et ses guirlandes de fenêtres éclairées. Juste en face se dressait le Sacré-Cœur, blanc, gonflé et crémeux comme un triple cupcake.

— C'est magique ! a murmuré Ange, traduisant exactement ce que je ressentais.

— Rien ne s'est passé comme je le souhaitais et pourtant, je passe un réveillon complètement dingue !

— La vie nous offre des cadeaux qu'il faut savoir accepter. Je me laisse toujours porter par elle.

Une fumée légère au parfum de bois brûlé s'échappait doucement de la cheminée à notre droite. On s'est emmitouflés un peu plus chaudement sous la couverture.

— Tu n'étais pas aussi serein tout à l'heure, quand tu avais peur de te faire descendre !

Il a éclaté de rire.

— J'avoue !

— Je peux me permettre un conseil d'avocate ? Si tu ne veux pas mener le même genre de vie que ton oncle, n'accepte jamais de faire un job pour lui, même pour rendre service. Il faut établir une frontière claire et infranchissable entre ses affaires et les tiennes.

— Merci, maître Samba. Je m'en souviendrai.

On est restés un long moment silencieux, à simplement contempler la ville à nos pieds et le ciel sur nos têtes. Les cloches du Sacré-Cœur se sont mises à sonner et au même moment, il a commencé à neiger doucement.

— Il est minuit ! C'est le moment de faire un vœu ! a dit Ange.

J'ai fermé les yeux et je me suis aperçue avec surprise que je n'avais pas d'idée. Je ne désirais rien d'autre que ce que j'étais en train de vivre à ce moment précis. Le reste n'existait pas. J'ai ouvert les paupières et j'ai vu le regard d'Ange fixé sur moi.

— J'ai besoin de toi pour que mon vœu se réalise.

— C'est quoi ?

J'étais en train de me dire qu'il y avait des paillettes dorées dans le vert sombre de ses prunelles quand il m'a embrassée. Des flocons de neige qui voletaient autour de nous se sont mêlés à notre baiser. Les lèvres d'Ange étaient fraîches et sa bouche chaude. Mon cœur a failli exploser, mon corps s'est embrasé. Ça fait près de trente ans que je suis sur Terre, mais jamais un simple baiser ne m'a fait cet effet à la fois glacé et brûlant. J'ai enroulé mes bras autour de son cou et on a continué à s'embrasser avidement, sous la danse lente des flocons, jusqu'à ce qu'une fine couche de neige ait recouvert notre plaid. Autour de nous, tout était devenu blanc. Alors on s'est laissé glisser le long du toit et on est entrés chez moi par la fenêtre, comme des voleurs. Une fois la crémone refermée, je me suis rendu compte que je claquais des dents. On a bu du champagne devant le feu. La couverture en fourrure était trempée, je suis allée chercher ma couette et on s'est posés sur le canapé. Je me suis demandé comment je pouvais être plus à l'aise avec Ange en une seule soirée qu'avec Henri au bout de toute une année, quand on a basculé, enlacés sur mes coussins « Keep calm and love Christmas », j'ai arrêté de chercher la réponse.

On s'est endormis sur le canapé, blottis l'un contre l'autre, enveloppés dans la couette comme dans un nuage.

J'ai été réveillée par la sonnerie stridente de mon téléphone fixe. La batterie du portable avait dû rendre l'âme dans la nuit. L'écran affichait 6 h 10. J'ai décroché, encore mal réveillée.

— Nina, c'est moi, tu me fais monter ?

— Henri ?

— Je suis vraiment désolé ! Laisse-moi me faire pardonner. Je me suis senti tellement con à minuit, j'ai pensé à toi, toute seule, avec ton sapin…

— L'ascenseur marche ?!

— Ben, évidemment !

Je ne sais pas pourquoi j'ai composé le code au lieu de le laisser moisir en bas. J'ai entendu la machinerie se mettre en marche et je me suis regardée dans le miroir pour voir de quoi j'avais l'air. Contrairement à ce que je craignais, je n'avais pas une mine de zombie. J'ai passé la main dans mes cheveux et Henri est sorti de l'ascenseur. Pas très frais, je dois l'avouer : les yeux pochés, le teint fané, la chemise froissée. Lui qui met toujours un point d'honneur à être impeccable. Il a fait un pas vers moi, les bras grands ouverts.

— Amour !

— Connard !

— C'est qui, lui ? Putain mais il a dormi là ?

J'en ai déduit qu'il avait découvert Ange sur le canapé.

— Bonjour, Ange Paoli. Je suis venu livrer la neige…

Il était à côté de moi et souriait à Henri de toutes ses dents. La nuit ne lui avait pas fait perdre sa manie de toujours vouloir prendre les choses en main. J'ai souri à mon tour et continué sur le même ton :

— … Et de fil en aiguille, on a un peu bu, on s'est amusés… enfin, tu sais ce que c'est. Ce n'était pas prévu, mais une chose en entraînant l'autre…

Henri avait la tête du type qui vient de se faire rouler dessus par un camion.

— Mais tu es une grosse salope !

— Ah, pas d'insultes ! a grondé Ange en serrant les poings.

— Pas de violence non plus ! ai-je rappelé.

— Même pas un tout petit peu ? Parce que là, il mérite !

— Bon, d'accord, un tout petit peu.

Mon poing est parti tout seul, avec un uppercut qui l'a envoyé directement dans l'ascenseur.

— Mais j'allais le faire ! a râlé Ange, frustré.

J'ai composé le code et Henri est parti vivre sa vie loin de moi. On s'est tapés dans la main comme des vieux potes, puis Ange a dit qu'il avait un avion à prendre. Je me suis contentée de hocher la tête mais j'ai eu un peu de mal à avaler ma salive. Fin de la parenthèse enchantée. Ange avait été envoyé chez moi pour rendre mon réveillon moins triste. Sa mission était accomplie. Il a enfoncé son bonnet noir sur ses cheveux et s'est approché, tout près de moi, si près que je respirais à nouveau son parfum. Il a enroulé ses bras autour de ma taille. Ses lèvres se sont approchées de mon oreille. Mon ange a chuchoté :

— Ça te dirait de continuer à fêter Noël au soleil ? Parce qu'il y a un avion pour Figari qui part dans une heure…

C'était encore lui qui prenait l'initiative, mais juste pour cette fois, j'ai dit oui.

LE MARCHÉ DE NOËL

*

Adèle Bréau

Il avait tout décoré des semaines à l'avance, comme chaque année. Sur le guéridon de l'entrée trônait la crèche, celle-là même que ma sœur et moi sortions de sa boîte plusieurs semaines avant Noël, santon par santon, avant de les disposer avec une infinie précaution sur le rocher feint de l'épais papier brun tacheté de blanc, que nous achetions au bazar du coin de la rue. Là-bas, tout le monde nous connaissait. Un papa seul avec ses deux petites filles, ça ne courait pas les rues, à l'époque. Alors les dames du quartier nous chouchoutaient, nous couvraient de cadeaux. « Je vous ai mis un petit paquet de fraises, monsieur Marsac, pour les petites. Et une petite bouteille de vin blanc, pour vous. Faut pas se laisser aller, hein. Elle va revenir. »

Notre maman était partie un matin. Elle s'était levée, avait peigné ses longs cheveux blonds pendant que je la regardais, émerveillée comme chaque fois par cette féminité confondante, ces yeux qui s'étiraient en amande, et qu'elle ornait de khôl, de paillettes, de fards irisés, fronçant légèrement les sourcils devant son miroir en ouvrant joliment sa bouche. Silencieuse, j'assistais à ce spectacle maintes fois recommencé, mais dont je ne me lassais pas, pas plus que de ces histoires de princesses qu'elle nous racontait chaque soir, au moment du coucher.

— Encore, maman, encore, Persillon Persillette !

— Mais tu la connais par cœur.

Ce matin-là de décembre, elle avait tout fait comme tous les autres matins. Enfilé son soutien-gorge Cœur-croisé, sa culotte sur sa belle peau blanche, une robe-portefeuille qui moulait sa poitrine fière, tapé dans ses mains en criant à tue-tête que vite, les filles, on allait être en retard à l'école. Alors, ma grande sœur Lalie et moi, nous avions sauté dans nos chaussures à brides, mis nos manteaux et claqué la porte alors que clignotait encore dans le salon la guirlande multicolore du sapin. C'était une féerie, cette maison, au moment de Noël. Plus que quelques jours et nous allions enfin nous retrouver tous les quatre. Nous préparerions le repas au son des chants exagérément enjoués de la cassette « Fête », que j'avais passée un temps infini à concocter, attendant fébrilement, le doigt sur le bouton « Rec », que mes radios préférées veuillent bien passer autre chose que Image ou Vanessa Paradis. Puis nous mangerions en essayant de ne pas trop penser à l'après, ce moment où nous irions nous coucher et où nous tenterions de rester éveillées, cette année, pour choper papa et maman en train de disposer les cadeaux autour de l'arbre. À moins qu'il ne s'agisse vraiment du Père Noël mais je n'étais plus sûre. J'avais six ans et demi. À l'école, des rumeurs bruissaient, je ne voulais pas les écouter, pour rester encore un peu dans le cocon confortable de l'enfance, des rêves, de la magie de cette soirée spéciale où nous nous aimions tant. Devant l'école, elle nous avait embrassées comme d'habitude, en déposant du rouge sur nos joues, avant de lécher un de ses index pour nous le retirer, provoquant nos cris d'effroi. Elle nous avait fait coucou avec sa main, emmitouflée dans son manteau de fourrure, et nous ne l'avions jamais revue.

— Papa ! C'est moi !

J'avais toujours ma clé. À près de quarante ans, j'habitais dans l'immeuble de mon père. Beaucoup de mes amis et petits amis s'étaient offusqués d'une telle proximité à mon âge, mais c'était ainsi, il m'était impossible de le laisser seul. Lalie, elle, habitait à Londres. Elle avait suivi son banquier de mari et s'occupait avec bonheur de leur jolie maison blanche sur trois étages, dont l'entretien, ajouté à la logistique consistant à balader leurs deux enfants de l'école à leur multitude d'activités extrascolaires, occupait une grande partie de son temps. Nous nous appelions pourtant tous les jours, bien que son quotidien différât tant du mien qu'il m'était le plus souvent très difficile de compatir à ce qu'elle appelait des « galères pas possibles ». Mais c'était ainsi. Du jour où maman était partie, Lalie avait pris sa place. Elle m'avait élevée, ne cédant, dès les premiers instants, à aucun abattement. Mâchoires serrées, le regard fier, Lalie restait un être insondable pour le commun des mortels. Moi seule connaissais ses failles, moi qui avais partagé sa chambre jusqu'à un âge avancé, percevant parfois, la nuit, déchirant le silence, son chagrin trop longtemps enfoui.

Il était de dos, son éternel chandail posé sur ses épaules un peu tombantes, la calvitie aujourd'hui bien installée, penché sur une grosse dinde qu'il peinait à fourrer. À la radio, les Grandes Gueules de RMC tenaient leur rôle : faire oublier à leurs auditeurs les soucis du quotidien en débriefant avec une bonne humeur communicative des résultats sportifs et autres transferts récents auxquels je ne comprenais pas grand-chose. Ils riaient et parlaient fort, si bien que, lorsque je m'approchais de lui, mon père sursauta.

— Ah, ma chérie, tu es là, je ne t'avais pas entendue rentrer.

Je l'embrassai dans le cou. Il sentait Eau sauvage, et cette institution olfactive me rassura. Matthieu m'avait quittée trois semaines auparavant pour retourner avec sa femme – les fêtes –, je ne gagnais pas un rond, n'avais pas d'enfants et une famille manchote, mais au moins mon papa n'avait pas changé d'odeur, et on mangerait de la dinde à Noël.

— Ils arrivent quand ?

— Qui ça ?

— Lalie et Bill Gates.

— Ah non, Catherine. Pas de ça ce soir. On ne parle ni d'argent, ni de politique, ni d'éducation…

— Ni de cul, je sais.

Et je souris parce que je savais qu'il était gêné, et admiratif à la fois devant cette audace qu'il m'enviait autant qu'elle l'effrayait. Qu'allait-il advenir de moi ? Puis soudain, manifestement paniqué, il s'écria :

— Le fromage !

— Quoi, le fromage ?

— J'ai complètement oublié le fromage ! Le brie à la truffe de ta sœur. Il n'y en aura plus, c'est certain. Je le commande toujours à l'avance.

— Enfin, papa, ça n'est pas très grave. Et puis je peux y aller, moi, chercher ce foutu brie.

Papa faisait non, non de la tête. C'était toujours ainsi. Le matériel, les habitudes, ça le confortait dans l'idée d'avoir bien agi avec nous, de ne pas avoir failli dans notre éducation. Alors, sans ce brie, que devenait-il ? Un égoïste, un père indigne. Un briseur de magie.

J'enfilai mon manteau et partis vers le marché. Dehors, ça scintillait de partout. Les vendeurs de marrons faisaient leur boulot, se cramant les doigts pour distribuer, enfin, des monceaux de cornets brûlants à des familles souriantes qui, le reste de l'année, les ignoraient royalement. Le Père Noël changeait de tête à tous les coins de rue, devant l'air effaré des enfants. Les gens couraient à droite, à gauche, affolés, suant dans leurs doudounes, leurs écharpes, et les mille et une couches qu'ils avaient superposées parce qu'il faisait froid. Pourtant, il n'avait pas neigé, comme l'année dernière, et puis celle d'avant, ça ne se faisait plus, aurait-on dit. Sous le hall bruyant du marché couvert, les guirlandes de mauvais goût trônaient, fières, au-dessus des devantures opulentes. On allait bâfrer, ce soir, et on avait le droit. Au diable le sans gluten, le sans viande, le sans gras, le sans rien parce qu'on avait récemment décidé que pour être heureux il fallait se priver de tout, et que c'était comme ça. Merde, où était ce fromager ? Il ne fallait pas se tromper, sinon papa serait furieux. Ah oui, forcément, celui où il y avait la queue, dans laquelle, docilement, je me glissai pleine d'espoir. Puis, bâillant d'ennui, je relevai la tête vers le maître des lieux, qui gueulait comme pas possible, faisant hurler de rire son auditoire, manifestement tout acquis à sa cause, car oui, le crémier, comme on disait lorsque j'étais petite fille, celui-là même qui avait ce soir le pouvoir d'anéantir ou de transporter le moral de mon père, était un grand beau gosse. Le cou recouvert de tatouages qui lui chatouillaient l'oreille, le sourire en coin, des cheveux bruns qui s'échappaient trop souvent de l'espace où il tentait, d'un petit coup d'épaule, de les coincer, le bellâtre incongru devait avoir dans les trente ans. Trente-cinq, peut-être. Absolument fascinée, comme la tripotée de mères de famille qui n'avaient d'yeux que pour lui, je ne pus décrocher mon regard de celui qui maniait avec dextérité les grosses mottes souvent malodorantes et qui, entre ses doigts, devenaient quasiment charnelles. Puis ce fut mon tour.

— Bonsoir.

— Bonsoir, je dis.

Et puis c'est tout. Je souris, bêtement, avant qu'un type mal luné ne me sorte brusquement de ma torpeur adolescente.

— Bon, on y va, là ? C'est pas comme si on avait pas tous mille choses à faire, hein.

— Laissez à mademoiselle le temps de choisir, monsieur. Ma collègue va s'occuper de vous. Qu'est-ce qui vous ferait plaisir ?

Et dans ces yeux cette douceur, alors que tout, autour de moi, s'était arrêté. Les ampoules qui clignotaient, le bruit assourdissant des chants de Noël qui résonnaient sous le chapiteau, les gamins qui trépignaient d'impatience, la chaleur et l'heure qui tournait dangereusement. Il fallait que je me reprenne, tout ça était d'un ridicule fort gênant.

— Euh… du brie. Je voudrais du brie à la truffe. Pour ma sœur. Elle adore ça.

— Ah mais on n'en a plus. Ça se commande longtemps à l'avance, vous savez.

— Non.

— Quoi, non ?

— Non, je ne savais pas. Mais… je fais comment, moi, maintenant ?

Et il réfléchit. Me fixant de ses yeux si noirs qu'il était impossible d'y sonder quoi que ce soit.

— Vous pouvez attendre une petite demi-heure ?

— Oui… non, ça dépend. Enfin, c'est pour le brie ?

Il explosa de rire, alors que je piquais un fard et que mes oreilles s'échauffaient comme elles ne l'avaient pas fait depuis l'école élémentaire.

— Bien sûr ! J'en ai planqué chez moi. Si c'est pour votre sœur, je veux bien vous en donner un peu.

Puis, chuchotant en me faisant un clin d'œil :

— N'en parlez pas aux flics, je ne voudrais pas avoir d'ennuis.

Dix-neuf heures, j'envoyai un message à mon père :

Aurai un peu de retard mais ai trouvé brie pour Melinda Gates.

Puis j'attendis, calée contre le mur, pendant qu'il continuait le ballet fascinant de ses doigts fins, attrapant les disques appétissants, saisissant un long couteau pour découper des tranches qu'il enveloppait précautionneusement dans du papier doré, pesant, tendant avec une égale bonne humeur la machine à carte bleue, tapant dans ses mains pour redonner du courage à l'équipe, et d'ailleurs c'était qui, celle-là, la fille avec laquelle il travaillait ? Sa femme ? Sa sœur ? Une simple collègue qui fantasmait sur lui ? De temps en temps, il me lançait des regards, pour vérifier que j'étais là, et m'assurer qu'il en avait bientôt fini, que je l'aurais, mon brie, qu'il ne fallait pas que je m'inquiète. Mais je ne m'inquiétais pas, j'étais bien, dans la chaleur rassurante de ce petit théâtre festif et joyeux où le temps semblait s'être arrêté, comme si le reste du monde pouvait ne jamais m'atteindre.

— On y va ?

Il avait enfilé un blouson de cuir, et me tendait un casque. Enfin, où habitait-il ? J'étais persuadée, je ne sais pas pourquoi, que nous irions à côté, pas loin, dans une rue adjacente, comme s'il était évident qu'il habitait en face de son lieu de travail, dans ce quartier pourtant bien trop onéreux et guindé pour un gars comme lui.

— Mais… euh… c'est loin ? Non parce que mon père m'attend.

Mon père m'attend. Quelle gourde.

— Ne t'inquiète pas.

Alors je montai sur la moto de cet inconnu tatoué vendeur de produits laitiers, comme si c'était la chose la plus normale du monde. Un 24 décembre. Et moi si prompte à me faire des films, à m'imaginer que mon voisin de palier avait secrètement envie de me découper en rondelles la nuit venue, je n'avais pas peur. Au contraire, je me blottis contre le blouson qui crissait sous ma joue, ravie de sentir l'air glacial gifler mon visage. Parfois, il tournait la tête et me disait des mots que je n'entendais pas. La ville défilait, les magasins allaient fermer, dans les foyers éclairés que je tentais de découvrir aux feux rouges, on n'allait pas tarder à réveillonner. Lalie et les enfants avaient dû investir la maison, et râler de mon absence. Papa les aurait rassurés, certainement, tout en se jetant au cou de ces petits-enfants qu'il ne voyait que trop rarement. Pierre était certainement descendu à la cave choisir les vins que nous dégusterions tous ensemble, avant d'ouvrir, une à une, les bouteilles pour les faire « respirer ». Autour du sapin, Thaïs et Gabriel disposeraient bientôt leurs souliers, confiants, le Père Noël passerait, comme chaque année, ils avaient été sages. Mais si.

— Et voilà.

La ruelle était sombre, et le quartier m'était inconnu. Nous descendîmes de moto alors que la tension érotique devenait palpable et que mon chauffeur-sauveur d'un soir me prit la main. Je tressaillis au contact de cette peau contre la mienne, plus que si nous avions brusquement collé nos deux corps nus l'un contre l'autre. Il fallait que je me calme. Et dans la pénombre, il murmura :

— Benjamin.

— Catherine.

Puis :

— Viens.

Nous nous enfonçâmes dans une courette ornée d'une multitude de lampions. Des cris retentissaient de lofts bobos qui abritaient ces vies qui m'étaient inconnues. En passant, Benjamin adressait de petits signes de sa main libre, gardant la seconde fermement cramponnée à la mienne. J'étais fière, bêtement, d'accompagner ce type au potentiel érotique scandaleusement développé. Puis il sortit un trousseau de clés de sa poche de jean et nous entrâmes chez lui. Il faisait sombre. Et, à peine la porte refermée, je sus que ce Noël serait différent de tous les autres. Lentement, Benjamin fit glisser ma veste sur le sol en même temps que la sienne, et caressa ma joue. Je sentais son souffle contre mon cou, alors qu'il chuchota à mon oreille :

— Je peux ?

Vive le vent, vive le vent, vive le veeeent d'hiver. Au loin, ce chant enfantin perçait le brouhaha, contrastant avec le silence rompu par nos deux souffles joints.

Je fis oui de la tête, consciente de l'absolue absurdité de cette situation. Après tout, on n'avait qu'une vie, et qu'est-ce qui m'empêchait de céder à la tentation ? Je n'avais pas peur. Alors nos lèvres se frôlèrent, et je ressentis à nouveau cette décharge électrique qui m'avait secouée à la seconde où nous nous étions touchés. Prise d'une envie folle, je saisis son tee-shirt, dévoilant un torse musclé, dont le tatouage, que j'avais aperçu dans son cou, ornait tout le flanc droit. Dans l'obscurité, je peinais à en discerner les contours mais m'en moquais pas mal. À son tour, il fit glisser mon jean, balança mon chemisier sans ménagement et agrippa mes cuisses qui s'enroulèrent tout naturellement autour de sa taille. Comme si je ne pesais rien, ce qui était loin d'être le cas, il me transporta dans sa chambre. Le lit était défait, les draps froissés, et je préférais ne pas imaginer quelle autre femme avait pu y dormir récemment. Je n'allais quand même pas être jalouse. Je ne le connaissais même pas, ce type dont les grognements se faisaient de plus en plus intenses. Et le moment où nous serions délivrés de cette tension approchait, alors je poussais un soupir de soulagement qui ne cachait rien du plaisir qu'il me donnait. À travers la fenêtre restée entrouverte, un courant d'air glacé se faufilait en même temps que le murmure du bonheur alentour, dans ces maisonnées occupées à unir leur solitude, pour une soirée au moins, que certains redoutaient, que beaucoup appréciaient encore, quel que soit leur âge, et leur cynisme feint. Et au moment de jouir ensemble, je serrais fort cet homme qui libérait en moi tout ce que j'avais trop longtemps tu, cette tristesse d'enfant abandonnée, de femme qui devait rester courageuse, sérieuse, forte toujours, parce qu'il fallait bien que la vie continue, et que papa ne souffre pas de notre chagrin de gamines. Alors les larmes coulèrent sur mes joues. Chaudes, lourdes, elles s'échappaient en un flot continu qui me vidait de ce désespoir enfoui.

— Tu pleures ?

— Non. Enfin oui. Mais ça me fait du bien. Vraiment.

Il ne répondit rien, ce dont je lui sus gré, continuant de me serrer dans ses bras alors que ma mue s'accomplissait, et que je recouvrais peu à peu une respiration normale, et la conscience qu'il allait bien falloir en finir avec cette parenthèse enchantée.

— Alors, ce fromage ? je dis, pour rompre ce silence et libérer mon ange de Noël.

Visiblement un peu déçu, il se leva pendant que j'admirais une nouvelle fois son corps délié, me retenant de lui sauter à nouveau dessus. Je devais rentrer.

Sur le chemin du retour, nous ne prononçâmes pas un mot, nous contentant de nous sourire aux feux rouges, lorsqu'il tournait la tête vers moi, et que j'avais l'impression de voir dans ses yeux autre chose, peut-être, qu'un regard amusé de bête à chagrins.

En bas de l'immeuble, alors que je ne savais quelle attitude adopter, les premiers flocons se mirent à tomber. Doucement, d'abord, virevoltant autour de nos deux visages ébahis de gosses planqués sous l'apparence d'adultes. Puis plus drus, épais. Enveloppés par ce rideau de neige, nous rîmes enfin sans pouvoir nous arrêter, provoquant les coups d'œil amusés et bienveillants des passants qui nous souriaient. Ah, les amoureux, profitez, va.

— Joyeux Noël, Catherine.

— Joyeux Noël, Benjamin.

Et la moto s'enfuit dans la nuit.

Lorsque j'entrai dans l'appartement, les doigts engourdis par le froid et le corps ébranlé par cette étreinte folle, la chaleur du foyer m'envahit, en même temps que ma famille se blottissait contre moi.

— Alors, qu'est-ce que tu faisais ?

— Tu nous manquais !

— Enfin, tu es là.

— T'es belle, dis donc.

— Ah, ma chérie, alors, tu l'as trouvé, ce brie ?

— Zut… Le brie.

LA THÉORIE DU PINGOUIN

*

Sophie Henrionnet

1er décembre

Je ferme la porte, jette les clés en direction du guéridon repeint quelques mois plus tôt, les observe hésiter un instant, puis basculer évidemment dans le vide. Un petit bruit métallique accompagne la chute, rompant un silence étourdissant. Mon regard glisse jusqu'au calendrier de l'Avent que, comme une gamine, je me suis offert il y a quelques jours : désormais, c'est de vingt-cinq verres de mojitos, voire d'une pleine cruche dont j'aurais besoin pour Noël.

Alexandre n'est parti que depuis quelques jours et déjà son absence emplit l'espace tout entier. Le vide des placards crève les yeux, l'absence des fauteuils club partis avec lui est effarante, dans chaque mètre carré de l'appartement, le moindre signe que notre vie commune n'est plus qu'un lointain souvenir me fait le même effet que lorsque j'entends Patrick Sébastien chanter, c'est-à-dire un curieux mélange de honte et de malaise. #killme

Chacun y est allé de son commentaire réconfortant. « Un pauvre type » d'après Cécile, « crétin et inculte » selon Carole, « pas très stylé » a dit Hervé, « un parfait abruti, oui ! » à en croire mon père. Alexandre peut bien être maintenant le croisement d'un caniche nain et d'un suricate albinos, il s'est sauvé avec Mademoiselle Plus et la France entière sait pertinemment qu'il ne reviendra pas. #célibataire

Je constate une fois de plus que la théorie du pingouin, élaborée par mes soins lorsque j'étais en cinquième B et que Grégoire Peltier m'avait larguée devant toute la classe, est toujours d'actualité : je me retrouve encore seule sur un bout de banquise qui ne va pas manquer de dériver. Depuis mes douze ans, je me suis toujours fait larguer. Oui, même en rêve, l'inverse ne s'est jamais produit. Je peux bien m'autoflageller et me morfondre, c'est moi qui ai délibérément poussé Mademoiselle Plus à postuler chez Fouquet et fils, présenté Mademoiselle Plus à mes amis, et insisté pour que Mademoiselle Plus dîne régulièrement chez nous.

— Un peu de compassion, mon cœur : elle s'ennuie toute seule…, ai-je répété des soirs durant à Alexandre.

J'accroche mon manteau dans le couloir, laisse mes épaules s'affaisser et mon front rencontrer le mur que je heurte à plusieurs reprises avec un entrain à la fois modéré et régulier. Même m'apitoyer correctement sur mon sort est une tâche trop difficile pour moi. #médiocrité

Alors que je m'écroule sur le canapé, la porte d'entrée s'ouvre avec fracas.

— Cette fois, Pauline, je ne repars pas ! J'ai acheté de quoi tenir un siège, hors de question que je m'empiffre seule.

Tatiana est aussi blonde que je suis brune, aussi sexy que je me trouve ordinaire et je sais de source sûre qu'elle ne s'est jamais retrouvée dans la position du pingouin. Ma voisine de palier a les bras chargés de sacs qu'elle vide sur la table basse en déblatérant :

— Pas de chips ou de mini-saucisses ! Radis, carottes, choux-fleurs et rien qu'une petite sauce allégée.

Mon estomac gargouille, je m'étale sur le sofa en mimant une pendaison. #enviedegras

— Crois-moi, Pauline, tu me remercieras ! Mais comme je ne suis pas un monstre, j'ai apporté de quoi faire des mojitos.

La grande blonde file dans la cuisine. Dans un bruit de vaisselle qu'on déménage, elle lance :

— Ce n'était pas le grand amour non plus, ne prétends pas le contraire. Je dirais même qu'Alexandre t'a rendu service.

Non, je ne peux même pas me payer le luxe de prétendre le contraire, ou de me rouler sur le tapis en cognant le sol de mes petits poings rageurs sous prétexte que j'ai perdu l'homme de ma vie. Tatiana et les autres ont raison, Alexandre était souvent pénible, pas vraiment spirituel, de moins en moins sportif, et de plus en plus autocentré. #grosnaze

Tatiana pose un peu trop brusquement deux verres sur le plateau de la table basse et, comme elle aurait lancé des fléchettes sur une cible, y fiche deux pailles.

— Je suis certaine que tu en es consciente.

Je me redresse, ôte mes escarpins, étends les orteils avec soulagement, puis saisis un verre. Trois gorgées plus tard, j'acquiesce.

— En fait, c'est la situation globale qui me désole.

Tatiana lève les yeux au ciel.

— Alexandre est tombé dans les filets de Mademoiselle Plus, et alors ? Dans quelques mois, au mieux elle le relâchera dans le grand large et il se fera bouffer, puis recracher par des requins vegans, au pire il s'échouera sur une plage mazoutée comme un vieux thon pas frais : ce n'est plus ton problème !

— Et mon amour-propre ? Tu as pensé à mon amour-propre ? Il m'a quand même abandonnée avec moins d'hésitation que pour son premier téléphone !

— Ton amour-propre ? Joker, tu veux bien ? Vois le bon côté des choses : tu as un bon job, une famille sympa et des copines en or !

Un détail me revient en mémoire.

— En parlant de job, je ne sais vraiment pas ce qui m'a pris.

Tatiana blanchit, ce qui, étant donné son teint porcelaine de départ, défie les lois du nuancier Pantone.

— Ne me dis pas que tu as insulté Fouquet Père ! Ou même Fils ?

Je termine mon cocktail d'un trait, encore sous le choc de ma propre décision.

— Je ne pouvais me résoudre à croiser Mademoiselle Plus tous les jours.

— Tu as démissionné ?

— Bien sûr que non, je ne suis pas demeurée. Tout du moins, pas totalement.

J'inspire profondément avant de me lancer. La nouvelle est toute récente et je n'en ai personnellement pas encore pris la pleine mesure.

— Fouquet était très content des derniers résultats de la boîte. Il a pris conscience que j'y étais pour beaucoup et m'a promue directrice de secteur.

Tatiana se met à glousser comme une dinde qui ne sait pas encore qu'elle a été désignée volontaire pour le réveillon.

— C'est absolument génial !

— Sans doute, dis-je en malmenant avec application les glaçons qui gisent au fond du verre.

— Il y a un « mais », n'est-ce pas ?

Je hoche la tête lentement.

— Il y a effectivement un « mais ». En contrepartie, je dois me rendre trois mois en Italie pour implanter une antenne de la boîte.

Tatiana éclate de rire.

— J'ai eu peur qu'il t'ait demandé de te montrer reconnaissante, si tu vois ce que je veux dire, ou que tu te retrouves mutée au Trukistan ! Trois mois en Italie, c'est une opportunité en or massif !

— Je dois y être dans trois jours.

Ma voisine s'arrête net de piailler, déconfite, comme la dinde de tout à l'heure qui viendrait d'apprendre qu'elle a été désignée volontaire pour le réveillon.

— C'est… rapide, c'est vrai. Mais globalement très positif.

— Ce n'est ni Milan, ni Rome, ni Florence. Je vais me retrouver à Sienne, au beau milieu de l'hiver.

Je liste les priorités : prévenir mes proches, tenter de sous-louer mon appartement, faire mes valises, étendre mon forfait téléphonique et faire le plein de camembert.

— Rien d'insurmontable, commente Tatiana. Cette expérience te permettra sans doute de faire le point.

Je visualise un bout de banquise en pleine Toscane, celui-ci se craquelle sous l'effet de la chaleur plus clémente qu'à Paris, le pingouin meurt dans d'atroces souffrances, des orques se disputent sa dépouille. #exagération

Je saisis un radis et le fais rouler entre mes doigts en promettant au pot de glace planqué dans le congélateur de le retrouver dès que Tatiana aura passé le seuil de l'appartement.

— Vu le cahier des charges, je ne peux pas envisager un aller-retour même express durant les fêtes de Noël.

Tatiana me tapote le bras avec compassion.

— Une fille de mon service est victime d'une sombre histoire de dégât des eaux, je peux lui proposer ton appart ! Et arrête de prendre cet air de koala constipé, veux-tu, ça ne changera rien.

— Si tu le dis… dis-je en pensant qu'on sous-estime certainement les soucis de constipation qu'éprouvent à coup sûr les koalas.

— Allez ! Imagine rien qu'une seconde la Toscane à Noël ! Donne-moi une seule raison de ne pas partir.

La dinde aux marrons de ma mère (internationalement reconnue pour son taux de carbonisation), les parties de poker familiales (qui se terminent toujours en faits divers), mon appartement coquet (empli de souvenirs et d'odeurs déprimantes). Non. Même en cherchant bien, rien qui ne tienne la route. #findumonde

— Et si je promettais de te rendre visite ? achève ma voisine.

— Sérieusement ?

— J'ai cinq jours à prendre avant le 31 décembre et mes parents comptent passer les fêtes de fin d'année chez ma sœur aux Maldives.

Je ferme les yeux, m'adosse au canapé et visualise la scène.

Un délicieux appartement non loin de la Piazza Del Campo, les rues de la vieille cité illuminées, les antipastis, des litres de spritz et Tatiana qui me rejoint pour faire la fête. #dolcevita

— Vendu, dis-je en levant une main que Tatiana claque avec entrain.

5 décembre

Le spritz. Heureusement qu'il y a le spritz parce que pour le moment, les autres éléments publicitaires ne sont pas au rendez-vous. #arnaque

Dire que mon appartement est insalubre serait se montrer excessivement positif, voire sous l'emprise d'une drogue quelconque. Ce matin, trois souris se sont fait la malle avec mon paquet de céréales. Vous avez bien lu : trois. Pas une ni deux, non : une véritable bande organisée vit dans mon salon, genre mafia italienne avec un parrain, et tout. Enfin j'imagine.

J'ose à peine déballer mes affaires dans l'espoir que Fouquet Père, Fils, la mère Michel, le Père Fouras ou n'importe qui accepte de me reloger. En même temps, trois de mes bagages bloqués sont à Venise (sic) et étant donné l'état de propreté des lieux, mes vêtements sont bien mieux roulés en boule dans mon bagage à main que sur des étagères aussi peuplées de moutons que ne l'est le Larzac.

Je file des coups de pied au pingouin qui ne cesse de me rendre visite en ricanant : focus sur le travail. Parlons-en, du travail… Je ne sais pas ce qui m'a pris d'accepter cette mission (la promesse de poste ? L'augmentation ? La place de parking ? Ne plus croiser Mademoiselle Plus ?) Bon, OK, je sais très bien ce qui m'a poussée à accepter cette mission, mais je regrette cette décision autant que le piercing au nombril fait en cachette l'année de mes seize ans. #infection

Tout d'abord, je prends conscience chaque jour un peu plus que la mention « italien courant/professionnel », qui ne paraissait pas être un si gros mensonge il y a six ans sur mon CV à Paris, s'avère dramatiquement problématique ici et maintenant. Quand j'ai voulu acheter des « gato », la vendeuse de l'épicerie a planqué son chat. Non, décidément, une langue vivante pratiquée au cours de quelques week-ends festifs ne suffit pas à la compréhension de mon nouvel environnement. Ce matin, lorsque j'appelle le bureau en panique, expliquant que je ne peux me débrouiller seule sur le terrain, que tout cela n'est ni fait pour moi, ni réaliste, Fouquet Père me propose l'aide d'un dénommé Raymond. Raymond ? Récemment recruté pour des raisons de quotas d'âge que j'imagine aisément, il a, paraît-il, une certaine expérience de l'Italie. Il se chargera d'un certain nombre de points depuis les bureaux parisiens. Je raccroche soulagée : je ne suis plus seule sur ma gondole (non, il n'y a pas de lagune à Sienne, je le sais pertinemment, c'est une image, merci).

7 décembre

Raymond assure un max, on sent qu'il a de la bouteille (j'ai mentionné que j'appréciais le spritz ?). Tous les problèmes que je lui soumets sont résolus plus rapidement que je ne mets de temps à les lui exposer. Il a une voix chaleureuse, certes un peu paternaliste, et sait me remotiver quand le désespoir (ou le pingouin) vient toquer à la porte de mon appartement miteux. Appartement auquel je vais devoir me faire : le Père Fouras et la Mère Michel n'ont pas bougé le petit doigt, et je ne parle même pas de la famille Fouquet. #dommagepauline

Mon astucieux collègue parisien a déniché des locaux pratiques et peu chers via une agence tenue par l'un de ses cousins, un comble quand on pense que sur place, j'ai enchaîné les visites infructueuses. Il a publié une annonce dans le but de recruter une secrétaire et je pense avoir déniché la perle rare. Je peux me consacrer à mes tâches principales étant donné qu'il gère les aspects pratiques de la mise en place de l'agence. #youpitralala

Lorsque Tatiana m'appelle et prend sa voix de crécelle, je saisis de suite que malgré tous les ennuis desquels Raymond m'a tirée, le curseur de la journée va dégringoler en zone catastrophe.

— Ne panique pas : j'ai vérifié, elle est assurée.

Je comprends que ma voisine ne parle ni de sa mère, ni de sa cousine espagnole et encore moins de sa prof de yoga hyperlaxe.

— Accouche, dis-je en m'ajustant spontanément à son canal et en explosant mes propres tympans au passage.

— Les pompiers viennent de partir. Je te fais la promesse qu'à ton retour, l'appartement sera habitable, même si ce n'est pas gagné d'avance.

J'apprends au passage que la collègue de Tatiana n'a pas un problème avec les dégâts des eaux, mais que, plus raisonnablement, l'ensemble du parc immobilier parisien en a un avec elle.

— Sixième sinistre ?!

— Elle se faisait couler un bain… Puis elle s'est souvenue qu'elle avait rendez-vous chez le coiffeur.

Adieu, veaux, vaches, cochons, poneys et licornes. J'embrasse ma triste et sombre chambre du regard et étouffe un sanglot. #RIPmonF2

Lorsqu'en fin de journée, Raymond s'interroge sur les raisons de ma mauvaise humeur, je n'hésite pas longtemps avant de lui parler du tsunami ultra-localisé et de ma pénurie de camembert. J'en viens tout naturellement à lui raconter ma vie dans les grandes lignes, je raccroche deux heures plus tard pas du tout avancée pour ce qui est des questions professionnelles, mais réconfortée et hilare étant donné la dérision avec laquelle Raymond analyse ma vie. #reconnaissance

9 décembre

Je me fais au rythme italien. Cette ville est incroyable et j'ai enfin la sensation de me fondre dans ce décor de cinéma grandeur nature. Je me régale matin, midi et soir et les quelques kilos perdus consécutivement au départ d'Alexandre ne sont plus qu'un lointain souvenir. #tantpis

Je fais amie-amie avec les souris qui ont l'air d'avoir un gros faible pour les céréales au chocolat. Faisant contre mauvaise fortune bon cœur, je dépose un petit tas chaque matin près de l'endroit que j'imagine être leur quartier général. Nous cohabitons ainsi pour le moment, chacun son territoire. #trêvedenoël

Je ne suis pas peu fière de mes initiatives professionnelles et celles-ci semblent satisfaire la direction. L'agence commence à prendre forme et je suis donc un peu plus sereine qu'à mon arrivée.

Octavia est fabuleuse, la jolie secrétaire prend quantité d'initiatives et ne rechigne pas à la tâche. Fouquet Père m'a conseillé de recruter un représentant italien, j'ai retenu Flavio qui semble fiable, sexy et sérieux. #pragmatisme

Je pense de moins en moins à Alexandre. Preuve s'il en est une, mon estomac ne fait qu'un seul salto lorsque je constate que son statut Facebook passe de « rien » (deux ans de vie commune avec moi) à « en couple avec des cœurs » (quinze jours avec Mademoiselle Plus). #mêmepasmal #enfinpresque #spritz #deuxheuresdetéléphoneavecraymond

13 décembre

Oyez ! Oyez ! Tout arrive ! Je viens de récupérer les trois valises coincées à Venise. Elles vont bien, merci, et ont même vu pas mal de pays (Rome, Milan, Bruxelles (?), Venise, Prague (?), Sienne).

Pas croisé les souris depuis deux jours, je commence à me faire du mouron. Point philosophie du jour : serais-je à ce point désespérée que je tisse sans m'en rendre compte des liens avec la vermine ? Raymond dit que c'est impossible : je broie simplement du noir et vais finir par reprendre du poil de la bête (sic) quand je me déciderai à arrêter de planter des aiguilles dans de vieilles photos d'Alexandre.

Fouquet Père est ravi du premier rapport que je lui ai envoyé. Il se dit rassuré par le marché et a validé le développement de l'antenne italienne. D'après ce que dit Raymond, l'ambiance au siège est plus que tendue : Fouquet Fils a rendu son tablier, le marché des lunettes de toilettes autonettoyantes ne passera pas par lui, il veut se consacrer pleinement à la fauconnerie, sa nouvelle passion. #jenesuispeutêtrepaslecasleplusdésespéré

Même si je m'adapte de mieux en mieux, je compte les jours : dans dix semaines, je serai à Paris. Raymond prétend qu'à la toute fin de mon contrat, je m'accrocherai au spritz, à la mozzarella di buffala et au moindre risotto qui traîne pour ne pas rentrer. #80dodos

16 décembre

Il neige ! Bon, OK, trois flocons, mais ça compte tout de même, non ? J'ai pris quelques photos, balancé lesdits clichés sur Instagram (32 cœurs), Facebook (25 pouces en l'air, 4 cœurs, et 1 waouh (ma grand-mère a toujours été un chouïa excessive dans ses réactions)), et dans un mail à Raymond.

Les souris ne sont pas revenues. Ça m'ennuie de le reconnaître, mais je suis inquiète à leur sujet. Si les souris passent l'arme à gauche chez moi, comment vais-je finir ? Dévorée par des pingouins ? Raymond trouve que j'ai une légère tendance à l'exagération.

J'ai surpris Octavia avec Flavio en pleines heures sup. Flavio, très sport, m'a présenté spontanément sa démission afin que je ne me retrouve pas dans une situation délicate. Dans la foulée, un mail du siège m'informe que d'ici quelques jours, un consultant parisien viendra m'épauler.

Sur les conseils de Raymond, j'ai arrêté le vaudou sur les photos d'Alexandre. Soyons honnêtes, c'est plutôt par la force des choses, les clichés étant beaucoup trop abîmés désormais. Raymond dit que je termine ainsi un cycle et que tel le phénix, je vais renaître de mes cendres. #diplomatie

Le camembert me manque cruellement mais impossible d'en trouver ici, même sous le manteau. Qu'à cela ne tienne, je reste positive et viens de décider de louer une voiture pour le week-end. Je vais me la jouer phénix en road trip : à moi la campagne italienne saupoudrée de blanc !

18 décembre

Week-end idyllique. La Toscane, la sérénité retrouvée, je suis presque devenue maître zen. À mon retour, je constate que les souris n'ont pas touché aux trois tas de céréales (chocolat, chocolat-miel, pépites de chocolat) positionnés près du trou. Soucieuse de tirer cette histoire au clair, je file interroger mes voisins de palier, tout en réalisant que je n'ai pas pris la peine de me présenter depuis mon arrivée.

Au 2A, Mona m'attrape par le bras et me colle sur une chaise bancale dans une cuisine fossilisée. Une heure et une bouteille de lambrusco plus tard, je sais tout de sa vie, mais pas si elle a vu la moindre queue de rongeur dans son appartement.

Quand le voisin du 2C ouvre, je manque de me trouver mal. Un Mister Italie 2005 ultra gominé se met à rire devant mes questions sur les souris. Non, il n'a tué aucun être vivant, mais si j'ai d'autres interrogations, il y répondra volontiers. #pento

Cette drague trop facile et libidineuse me met mal à l'aise. J'ai soudain le mal du pays, envie de me faire chouchouter et que les souris rentrent au bercail. J'appelle aussitôt Raymond qui trouve une fois encore les mots qui m'apaisent avant de m'informer que la personne censée remplacer Flavio va débarquer sous peu.

20 décembre

Je suis dévastée : Tatiana ne me rejoindra ni pour Noël ni pour le jour de l'an et pour cause : ses parents lui offrent les billets d'avion pour un réveillon aux Maldives. Je ne peux lui en vouloir, j'aurais fait le même choix à sa place. Toujours est-il que je me sens assez proche du pingouin dérivant sur un glaçon au milieu d'une piscine de spritz. #métaphore

Pour couronner le tout, Raymond a eu la bonne idée de tomber malade. Impossible de lui parler, son répondeur répète à l'envi un message à peine audible débordant de plates excuses. Il m'agace. Comment vais-je survivre sans ses précieux conseils ? #conspiration

J'ai enfin retrouvé les souris. Ces ingrates se sont mises à préférer les barils de protéines de Mister Italie catégorie gonflette qui s'est mis à hurler comme une fillette en découvrant les intruses dans son placard au petit matin.

Un mail de Fouquet me demande d'accueillir le remplaçant de Flavio à l'aéroport. Assez mignon dans son genre, Romain n'est pas du genre bavard, ce qui m'arrange grandement. Tandis que dans le taxi, je malmène mon téléphone pour tenter de joindre Raymond, le jeune homme abandonne l'espoir que je fasse la conversation et scrute la fenêtre. Lorsque nous passons enfin le seuil de l'agence, je comprends au regard d'Octavia qu'elle ne fera qu'une bouchée de mon collaborateur. Je lève les yeux au ciel et me réfugie dans mon bureau, abandonnant la nouvelle recrue aux mains de la mante religieuse.

Je dois joindre Raymond ! Qui va me remonter le moral alors que je m'apprête à passer le réveillon le plus glauque que la Terre ait porté ? Qui va me faire rire et dédramatiser ? #achevezmoi

23 décembre

Tatiana envoie des tonnes de photos de cocotiers.

Mes parents m'ont fait parvenir un colis plein de victuailles 100 % made in France, mais ont oublié le camembert. #traîtrise

Les souris, l'air de rien, sont revenues taper dans mes céréales. Étant donné la période de l'année, je choisis de ne pas me montrer rancunière, il y a suffisamment de conflits dans le monde.

Le courant ne semble pas passer si bien que ça entre Romain et Octavia. Pour être plus précise, je pense qu'il l'a rembarrée. La belle Italienne lui jette des regards assassins en marmonnant. À part ça, mon collègue s'y entend niveau boulot. Je respire un peu et apprécie de déléguer.

À l'ouest, rien de nouveau. Le répondeur de Raymond annonce qu'il est saturé et sa boîte mail renvoie un message d'erreur. Lorsque je questionne Romain sur le sujet, il paraît étonné : Fouquet ne m'a donc pas informée que sa venue induisait la fin du fabuleux tandem Raymond/Pauline ? Une profonde tristesse m'envahit, de celles qu'on prend de plein fouet et qui étonnent de par leur caractère suffoquant. Je ne sais pas grand-chose de cet homme, seulement depuis mes premiers pas sur le sol italien, il m'a véritablement tenu la main. Je ne sais pas s'il a les cheveux gris ou blancs, s'il est petit ou grand, mais il m'a plus qu'épaulée ces dernières semaines. Soudain la tristesse fait place à la colère : pourquoi ne donne-t-il pas signe de vie ? #mondecruel

24 décembre

Dans mon appartement un peu moins miteux à force de décoration, un mini sapin déplumé clignote vaillamment.

Cette fois, il neige à gros flocons et je me promets d'aller fouler la Piazza Del Campo, coquille géante toute blanche, au petit matin.

Je dispose des céréales aux pépites de chocolat contre la plinthe, tandis que Sinatra entonne des chants de

Noël depuis mon enceinte. Je repense à ce satané pingouin, à Tatiana qui m'assurait que cette parenthèse italienne me permettrait de réfléchir, à mes parents, mes oncles et tantes réunis autour d'une dinde cramée, mais savoureuse, qui s'apprêtent à s'entre-tuer gaiement autour d'un jeu de société. Je n'ai à cet instant qu'une envie, celle de m'arracher les yeux et de finir d'une traite la bouteille de champagne déjà bien entamée.

Des bruits me tirent de mes pensées. On toque à la porte, j'hésite à ouvrir, pensant que vu mon karma actuel, je suis bien partie pour avoir droit à un serial killer de Noël, mais finis par m'y résoudre quand Sinatra reprend *Let it Snow* un cran plus fort.

— Romain ?

— Bonsoir, Pauline.

Je réalise que je n'ai même pas proposé à mon collègue de prendre un verre depuis son arrivée. Dans un timide sourire, il me tend un sac plastique.

— Joyeux Noël, ajoute-t-il avant de filer dans le couloir.

Interloquée, je fouille sans attendre le sac et m'immobilise.

— Attends !

Romain se fige dans les escaliers. Dans ma main droite un camembert coulant à souhait, dans celle de gauche un pingouin en plastique.

Mon cerveau se met en branle.

— Romain ?

Mon cœur se met soudain à battre plus que de mesure.

— Romain… Aymond ?

Il se retourne enfin et me décoche un sourire complice.

— R. Aymond en personne.

Je ne sais si c'est l'odeur du camembert ou le fait de réaliser que « mon Raymond » se tient à quelques mètres de moi, mais mon estomac enchaîne quelques saltos.

Le temps de remettre en place toutes les pièces du puzzle, je le rejoins dans l'escalier et lui tends une main.

— Tu sais que ça porte malheur de manger un camembert seul à Noël ?

Romain esquisse un demi-sourire et attrape ma main.

— Je ne le savais pas, mais je ne suis pas prêt à prendre un tel risque.

Demain, nous serons au moins deux pingouins à fouler la Piazza Del Campo.

KEEP CALM & LOVE CHRISTMAS

*

Marianne Levy

Sam Miller voulait la peau de Frank Sinatra. Il lui souhaitait une mort lente. Si possible atrocement douloureuse. Une agonie humiliante. Sur la scène du plus grand casino de Las Vegas. Au milieu d'une troupe de danseuses à demi-nues déguisées en sapins de Noël à paillettes. Qui s'époumoneraient en chœur au son des trompettes de l'orchestre : « Goodbye Frankie, goodbyeeeeee ! »

Sam savait que Sigmund Freud aurait trouvé qu'il avait un gros problème.

Il aurait eu raison.

Et pas seulement parce que Frankie était déjà mort depuis dix-huit ans… Rêver éveillé d'un truc pareil pour un psychanalyste renommé, c'était limite une faute professionnelle.

Mais le Dr Samuel Miller n'y pouvait rien, depuis qu'il avait débarqué à l'aéroport JFK, Sinatra le suivait à la trace. Dans l'aérogare submergée par l'hystérie collective des passagers, dans le taxi qui le conduisait vers Manhattan, dans le lobby de l'hôtel Pierre, face à Central Park, où il avait posé ses valises.

Sinatra, encore et toujours. Avec Santa. Ses rennes. Son lait de poule. Ses flocons de neige. Et son bonheur dégoulinant. Attention, Sam n'avait pas de souci avec le principe du bonheur.

C'est le bonheur que Frankie lui souhaitait qui lui tapait sur le système.

« La vie est injuste », se dit Sam en remontant la Cinquième Avenue. Le crooner aux yeux clairs se prenait pour quelqu'un d'autre. Mais, c'était un peu sa faute aussi. Sinatra avait-il vraiment besoin de faire croire à la Terre entière que les miracles de Noël existent ? Que la paix régnera un jour dans le monde ? Ou qu'une *blind date* pouvait être autre chose qu'une séance de torture assez proche du raffinement de l'Inquisition espagnole ?

Pour sa défense, Frankie n'avait jamais été présenté à la sœur de Sam, Imogene.

Sinon, il serait devenu psy et pas chanteur.

À la descente de l'avion, Sam se l'était juré, il avait traversé l'Atlantique pour la dernière fois. Huit heures de vol au-dessus d'un océan très, très profond, peuplé d'espèces non encore identifiées mais probablement carnivores, et peut-être même méchantes, c'est extrêmement long pour un claustrophobe. Surtout quand il faut supporter la conversation d'un voisin de siège en déni d'alcoolisme qui insiste pour boire dans votre verre tout le vin que l'hôtesse vous sert et glisse pour vous rassurer : « *No stress.* De toute façon, les *dates* à New York, c'est *Hunger Games* pour tout le monde. Bienvenue en Amérique ! »

Parvenu à la hauteur de la Quatre-vingt-neuvième Rue, Sam s'arrêta au passage piéton. *WALK* lui suggéra le feu. Il obéit en pensant qu'après huit années de torture organisées par sa sœur le soir à la table du réveillon (Lucia/Rosa/Linda/Patricia/Adriana/Georgia/Lucia une deuxième fois/Miranda), il ne devait pas culpabiliser. Il avait gagné le droit de détester Noël, la dinde et les miracles de sexe féminin du 24 décembre quels que soient leur prénom, leur silhouette ou la nature exacte de leur pathologie psychiatrique.

***

Il y avait un truc qu'elle adorait juste un peu moins que le jour de Noël. C'était la liste qu'elle lisait à haute voix au chauffeur du taxi qui remontait péniblement

Park Avenue dans la circulation anarchique. Malgré la lueur des phares, une nuit noire encerclait la voiture et la neige, qui tombait en flocons par paquet, l'empêchait de distinguer les autres véhicules. Seul le volume hystérique des klaxons indiquait que, comme elle, la moitié de Manhattan avait décidé de passer le réveillon quelque part au chaud dans un immeuble de l'Upper East Side.

Dans le rétroviseur, elle voyait bien que le chauffeur était totalement imperméable à la magie de Noël. Mais elle poursuivait sa lecture parce que le 24 décembre est le jour ou jamais pour rendre les gens heureux.

Même malgré eux.

Il ne le savait pas mais il avait besoin de la liste de Noël de Lisa : *45 trucs à faire à New York avant le 26 décembre au soir pour être certain de se réveiller heureux le 27 décembre au matin.*

— Allez, on y met du sien ! insista-t-elle. Numéro 33 : faire quinze fois le tour de la patinoire de Central Park avec des guêtres en mohair rose, à contresens et de préférence au bras d'un sosie de Jack Nicholson années soixante-dix… Euh, dans votre cas à vous, évidemment, les guêtres sont très facultatives, bien entendu, et pour Jack, c'est à vous de voir…

***

— Bonsoir, docteur Miller ! lança le garçon d'ascenseur, contraint de porter un chapeau où étaient plantés des bois de renne en peluche synthétique – la coiffe officielle de Noël des employés du 1081, Cinquième Avenue où il travaillait.

Pour des raisons professionnelles, le 24 décembre, Alexeï était donc toujours relativement malheureux et, un peu, entamé aussi par la vodka qu'il planquait dans sa poche intérieure.

— Bonsoir, Alexeï ! répondit Sam en lui serrant la main.

« Pauvre gars », pensa-t-il. Lui vivait l'enfer une fois par an, alors qu'Alexeï tentait de survivre dans un immeuble de grands malades toute l'année. Des bobos de l'Upper East Side, une espèce rare, dans un îlot peuplé de gourous de la finance et de mastodontes de l'immobilier. Des résidents rebelles qui avaient renoncé au classicisme pour prouver que, de ce côté aussi de Central Park, on en connaissait un rayon en matière de révolution…

Ils entendaient rivaliser avec les artistes qui avaient choisi leur camp, celui de John Lennon et du Dakota Building, donc de l'Upper West Side. L'ascenseur géré par Alexeï ressemblait ainsi à un revival permanent de Woodstock. L'addiction aux sacs Chanel avait juste remplacé les pétards. Et Frank Sinatra (toujours lui, évidemment), qui susurrait que Santa allait débarquer en ville sous peu, avait piqué la place de Jimi Hendrix. Mais le spectacle n'était jamais décevant.

Sam pénétra dans la cabine d'ascenseur. Il tomba sur son reflet dans le miroir. Il ressemblait à un Britannique claustrophobe en smoking à queue-de-pie sur le point de se faire dépecer par une mante religieuse portant un prénom en A et choisie pour lui par Imogene. Sam se demanda si sa vie amoureuse aurait été différente s'il avait été un potentiel remplaçant du sosie de Hugh Grant au lieu de vaguement ressembler à Colin Firth…

Une fois de plus, Sam tiendrait le coup grâce à Ida Berkowitz. Chaque année, la révolutionnaire en chef de l'immeuble venait squatter en pyjama de soie rose fuchsia griffé Hermès le réveillon *british* d'Imogene. En bonne activiste de quatre-vingt-sept ans, elle se déplaçait exclusivement en skate-board, fumait le cigare cubain et avait choisi le mot *fuck* comme slogan officiel.

Chaque année, dès l'entrée, elle lui donnait un bon coup de coude, puis lui glissait :

— Vous êtes conscient, jeune homme, que sur votre front, il y a écrit adepte du sexe trimestriel ?

Chaque année, Sam s'étouffait :

— Pardon, madame ?

Et, chaque année, elle le reprenait :

— Ida, chéri, Ida. C'est très, très mauvais pour la santé, le sexe trimestriel, et pas uniquement pour le système cardio-vasculaire ! Vous devriez envisager d'accélérer la cadence.

Sam bafouillait qu'il n'y pouvait rien, il était un romantique, il adorait faire la cour et rêvait de danser toute la nuit joue contre joue avec une fille qui aurait l'élégance de Ginger Rogers. Mais, en 2016, à l'heure des LOL, de Tinder et de la généralisation des plans à trois, son horizon sentimental était forcément un peu bouché.

Ida hochait la tête compatissante et ajoutait :

— *Fuck*, Sam Miller, vous l'avez traumatisée dans la petite enfance, votre sœur ? Pourquoi elle vous en veut à ce point-là ? en désignant avec son couteau la *blind date* de l'année.

Ida passait ensuite la soirée à faire la liste de toutes les raisons pour lesquelles il devrait envisager le suicide médicalement assisté s'il avait le malheur de quitter le réveillon au bras de la fille avec laquelle Imogene avait décidé de l'accoupler.

***

L'œil furibard du chauffeur de taxi indiquait que son implosion n'était plus qu'une question de secondes. *Sérieusement, elle pensait qu'il avait la putain de tête du gars qui fait des ronds comme un poisson dans un bocal sur une patinoire surchargée comme un train express aux heures de pointe par moins dix degrés, tout ça pour fêter la naissance d'un type dans une putain d'étable ?!*

Sérieusement, Lisa le pensait. Elle aurait même été prête à le convaincre jusqu'au petit matin, si elle n'avait pas déjà été attendue ailleurs à cause d'une petite annonce dégotée dans le *New York Times*.

Pour représentation unique

Recherche comédienne d'une trentaine d'années. Compétences requises : anglophile malgré l'invention du pudding, la crise de la vache folle et le Brexit. Incollable sur Noël. Optimiste contagieuse. Connaissant les fondamentaux de l'œuvre de Sigmund Freud. Ressemblance avec Ginger Rogers serait un plus considérable.

Elle n'avait pas d'opinion définitive sur le pudding, elle était végétarienne et elle savait bien que les Londoniens avaient largement voté pour le maintien dans l'Union européenne. Lors du casting téléphonique, elle avait rapidement prouvé qu'elle connaissait bien la recette du lait de poule et le CV de l'inventeur du calendrier de l'Avent. Elle avait insisté sur le fait qu'elle était convaincue que tout irait mieux demain. Elle potasserait Freud. Elle était blonde aux yeux bleus. Elle avait été engagée. Elle passerait donc le réveillon à bosser mais serait plus riche de mille dollars le lendemain. Trois mois de loyer de sa sous-loc' à Brooklyn. Une fortune pour une actrice fraîchement débarquée à New York.

Finalement, le taxi pila devant un auvent dissimulé par la neige. Le compteur réclamait trente dollars. Lisa grimaça. Pour ce prix-là, elle aurait pu s'offrir une séance de réflexologie plantaire, un bagel au caramel et l'épisode de Noël de *Friends* (numéro 12 sur sa liste).

Apparemment, on attendait d'elle un miracle.

Elle se présentait donc en robe de fée.

***

Alexeï savait. Et Sam savait qu'Alexeï savait. Il le lisait dans son sourire au minimum narquois. Possiblement sadique. Peut-être même pathologique. Son sourire hurlait qu'il avait déjà fait monter sa *blind date* et que le réveillon de Noël 2016 s'annonçait inoubliable. Sam se demanda comment Imogene avait pu faire pire que l'année précédente. Puis, il visualisa le *Christmas pudding* qu'elle servait pour le dessert et il se rappela que le pire n'avait jamais de limites avec Imogene.

Réconforté à l'idée que cette année serait la dernière, il se détendit un peu. Il venait en finir avec le stupide pari qu'il avait fait avec sa sœur. « Les miracles de Noël n'existent pas ? » lui avait-elle lancé, le soir de ses trente ans. « Non, les miracles de Noël n'existent pas ! » avait-il répondu, formel. « On parie ? » avait-elle demandé. « On parie ! » avait dit Sam.

Si Imogene avait raison, si les miracles de Noël existaient, les clés du cottage familial dans le Kent seraient pour toujours à elle. *Qui y a-t-il de plus miraculeux que de réussir à sauver de la solitude un futur vieux garçon ?* Depuis, sa vie privée était devenue l'unique obsession de sa sœur.

Sam jeta un œil à sa montre. Après la bûche, il offrirait à Imogene une victoire par forfait. Et dans trois heures, le vieux garçon qu'il était devenu ressortirait du 1081, Cinquième Avenue en homme libre. Il se rendrait à l'hôtel Pierre où il réaliserait son plus grand fantasme de Noël. Engloutir un poulet frit sauce barbecue avec les doigts en tête-à-tête avec Ginger Rogers et Fred Astaire.

Il décida donc d'ignorer Alexeï. Et, stoïque, il regarda les portes de l'ascenseur se refermer.

— Attendez ! lança une voix.

Des talons martelaient le marbre du hall. Le liftier appuya sur *open*. Une blonde déguisée en Cendrillon déboula dans la cabine. « La magie de Noël, cette escroquerie… » pensa Sam.

— Merci, je suis hyper à la bourre. La neige… Ah la neige, je kiffe ! Comme New York à Noël, ça me rend dingue ! J'adore les sapins, aussi. J'ai même passé l'après-midi à observer des gens choisir le leur. C'est hyper émouvant comme expérience ! C'est le numéro 14 sur ma liste. Ma liste spéciale bonheurs de Noël. Oui, je suis une fille à listes. Je suis aussi actrice, enfin je fais de mon mieux… Ce soir, c'est Noël et je bosse… Faut bien payer son loyer ! Au fait, je m'appelle Lisa !

Elle avait le débit d'une mitraillette et appuyait tous les mots avec ses mains. Elle était le genre de fille qui termine ses phrases par trois cent cinquante points d'interrogation. Cela plairait aux enfants chez qui elle venait sûrement donner une représentation.

Le sourire d'Alexeï s'accentua. Sam savait qu'il savait qu'il était excédé. Sam était excédé, c'est vrai, mais aussi sidéré. Cette fille n'avait vraiment pas de bol. En plus d'être chômeuse à trois quarts temps (actrice à NYC), et gentille chez Disney, le quart restant (actrice à NYC), elle était démente limite pathologique. Il se dit qu'il devrait lui suggérer le nom de l'un de ses confrères. Ce serait sa B.A. de Noël. Il se demanda si les B.A. de Noël comptaient triple. Et si bientôt il rencontrerait enfin une fille qui ne commencerait pas toutes ses phrases par MDR et n'essayerait pas de le transformer en *sex toy* dès le premier verre.

Alors qu'il fouillait dans les contacts de son téléphone, il lui sembla que l'ascenseur ralentissait. Un bruit sourd résonna dans la cabine. Sam saisit la manche du manteau du clone de Cendrillon. Il allait accuser le réflexe pour excuser son geste déplacé. Mais l'ascenseur stoppa net. Un grincement lugubre coupa la parole à Frank Sinatra en plein refrain. Comme si la cabine, d'accord avec Sam, avait voulu hurler : « Ta gueule, Santa Claus ! »

Ils étaient suspendus dans le vide, retenus par un câble entre le dix-septième et le dix-huitième étage. Beaucoup trop d'étages et pas assez de mètres carrés pour un claustrophobe. La panique l'envahit. Les doigts toujours crispés sur la manche de la fille, il parvint à articuler :

— Alexeï, je crois que c'est le moment de déclencher l'alarme.

Il entendit Alexeï bouger. Le parfum de la vodka pure envahit l'ascenseur. Il entendit Alexeï déglutir.

— Vodka, docteur Miller ? suggéra le liftier.

Sam fit non de la tête. Son thermostat intérieur allait exploser. Il faisait déjà quarante-cinq degrés sous son smoking. Il songea à la mort affreuse qui l'attendait en bas. Il visualisa son beau-frère penché sur sa tombe qui murmurait : « Pas de bol, Sam, pour une fois qu'elle était chouette, la fille ! » Il visualisa ensuite son propre ectoplasme furax sortir du cercueil et lui mettre son poing dans la gueule. Puis, il imagina qu'il forçait sa sœur à bouffer sa dinde bio de six kilos à la petite cuillère. Vingt bouchées pour chaque malade qu'elle lui avait présentée depuis toutes ces années.

Pour se calmer, il s'imagina en train de faire l'amour souple comme un dieu à Ginger Rogers sous les yeux admiratifs de Fred Astaire. « Dites, vous en tenez une belle forme pour un type qui passe ses journées assis à écouter des gens allongés, vous avez pris un donut au petit déj ? Non, je sais, ne me dites rien, vous bouffez bio !? » Sam s'entendit répondre : « Par principe, Fred, je ne bouffe pas, je me nourris et là, j'essaie de faire un peu correctement l'amour à Ginger. Ce qui nécessite un minimum de concentration. » « OK, vieux, conclut Fred, essayez d'être à la hauteur. »

Sam se dit qu'en fait, il avait besoin d'alcool. Il saisit la flasque d'Alexeï et avala une longue gorgée de vodka.

Une voix grésilla dans l'interphone. Che Guevarette, habillée en Hermès rend hommage à Woodstock, venait à leur secours. Il était sauvé. Ginger ne saurait jamais que, même en s'appliquant, il n'avait aucune chance d'arriver à la cheville de Fred.

— Allô, allôôôô. Vous m'entendez ? hurla Ida Berkowitz.

— Oui, joyeux Noël ! répondit Cendrillon.

— Madame Berkowitz, c'est Samuel Miller, nous sommes coincés entre le dix-septième et le dix-huitième étage, pouvez-vous s'il vous plaît prévenir le portier pour qu'il intervienne d'urgence ?

— … Sam. Ah… c'est vous, Sam.

— Oui, madame Berkowitz, c'est moi, Sam et je… enfin, nous avons besoin de vous.

Aucune réponse ne sortit de l'interphone.

— Madame Berkowitz, vous êtes toujours là ?

— Ida, chéri, Ida.

— Ida, vous êtes toujours là ?

— Oui.

— Vous le prévenez ?

— Non.

— Non ?!

— J'aimerais beaucoup pouvoir vous faire plaisir, malheureusement ceci est un détournement d'ascenseur. Un acte politique, Sam. Croyez-moi, jeune homme, je suis bien désolée que cela tombe sur vous. Mais cet immeuble dépense chaque année dix mille dollars en décorations de Noël. Ce triomphe consternant de la société de consommation doit cesser ! Nous devons revenir aux vraies valeurs. Avec une somme pareille, on pourrait, par exemple, investir au sous-sol dans une petite plantation d'herbe qui rend les gens heureux et le sexe plus que trimestriel, si vous voyez ce que je veux dire, Sam.

Il voyait très bien ce qu'elle voulait dire mais ne souhaitait pas qu'elle aborde plus en détail sa vie privée devant le clone de Cendrillon qui présentait aussi une ressemblance troublante avec Ginger Rogers. Il avala une nouvelle rasade de vodka.

Alexeï, inquiet du risque de pénurie d'alcool alors que la captivité s'annonçait longue, lui arracha la flasque de la main.

Sam poursuivit :

— Je suis absolument d'accord avec vous, madame Berkowitz. Si cela ne tenait qu'à moi, j'effacerais même le 24 décembre du calendrier.

— Mais vous êtes un grand dingo, vous ! Vous feriez quoi ? intervint la blonde.

— J'effacerais le 24 décembre du calendrier, dit Sam en entrouvrant les yeux.

Elle était dingue mais charmante. Comment s'appelait-elle ? Ah oui, Lisa. Il se demanda pourquoi sa sœur ne lui présentait jamais des dingues aussi jolies qu'elle. Elle l'aurait gagné depuis longtemps, son pari… Puis il se rappela que, de toute manière, il n'aurait aucune chance en raison de son statut de « type à caser ».

Type à caser, à trente-huit ans, c'est un handicap lourd. L'équivalent de malade au stade terminal version *Highlander*, c'est-à-dire qui ne crève jamais. Au début, les amis ont pitié, puis ils s'agacent, avant de finir par changer de trottoir et de numéro de téléphone. Type à caser diplômé de Cambridge, adepte des claquettes, allergique au principe du téléphone portable, fan des gilets en tweed et du cinéma d'avant 1950, c'était carrément suspect. Pour essayer de se mettre au vingt et unième siècle, il avait tenté un selfie. Sa cravate floue apparaissait au premier plan et, au second, on devinait sa grimace de lapin paniqué pris dans les phares d'un camion de quarante tonnes qui n'aurait pas le temps de freiner.

— Mademoiselle, Noël est une histoire que les gens se racontent pour croire que le bonheur existe au moins une fois par an. L'espérance de vie moyenne d'un homme européen est de soixante-dix-huit ans, si on arrondit. Ça fait soixante-dix-huit occasions de trop de croire que le bonheur existe, justifia Sam.

— Par hasard, vous ne seriez pas LE spécimen masculin capable de pousser au suicide l'inventeur du Valium ? Laissez-moi deviner, je parie que vous n'avez jamais regardé le soleil se lever sur le ferry de Staten Island en picorant des framboises fraîches ?

Totalement désinhibé par la vodka, Sam répliqua :

— Aaah, la liste de tous les petits bonheurs sur Terre, il ne manquait que cela. Et maintenant, vous allez me suggérer de faire l'amour dans une rizière à l'aube sous une fine pluie et ensuite de danser nu pour remercier le dieu de la fertilité, je suppose ?

— J'aurais pu, mais non, je le ferai pas puisque d'après Ida, vous avez un rythme sexuel bien en deçà de la moyenne si l'on se base sur les dernières statistiques mondiales, évidemment, riposta Cendrillon/Ginger/Lisa.

Il avait envie de répondre qu'il fallait être atteinte pour tenir des comptes pareils, et encore plus atteinte pour s'en souvenir, mais il demanda :

— Et comment savez-vous cela ?

— Oh, mon dernier boulot… J'ai joué un ovule tout mignon dans une pub pour des préservatifs bio.

C'était pas hyper évident comme rôle, j'ai dû faire des recherches.

— Je vous crois sur parole. Et ce soir, votre boulot donc, c'est Cendrillon ? Magnifique !

— Mouais, même si le scénario est tristounet. L'idée est de sauver un prince charmant grognon…, dit-elle, songeuse.

— Ils sont devenus ultra subversifs chez Walt Disney, dites donc, commenta Sam.

— Pour revenir à notre sujet, le nombre moyen de rapports est de 110 par adulte et par an. Autant dire que votre contribution aux 192,5 millions d'orgasmes qui font trembler le globe terrestre chaque année est totalement minus…, conclut-elle en plantant ses yeux dans les siens.

Quinze degrés de plus sous le smoking.

La chemise de Sam était trempée.

— Et, bien sûr, vous connaissez un remède miracle, lança-t-il sarcastique pour retrouver un peu de dignité.

— Un remède miracle ? Non, désolée. Personne ne peut rien pour quelqu'un qui refuse par principe l'existence de la magie de Noël.

Sam allait répondre, mais la cabine émit un nouveau gémissement sinistre. Il desserra son nœud papillon. Il dit adieu au flegme britannique. Et s'effondra lamentablement sur le sol.

— Madaaame Berkowitz, vous ne pouvez pas faire ça ! C'est illégal et extrêmement dangereux, gémit Sam. Vous prenez le risque de nous retrouver semi-conscients et complètement déshydratés demain matin !

Un rire joyeux sortit de l'interphone.

— Ça vous fait rire ? geignit Sam.

— Oui, ça me fait rire, car, contrairement à vous, je suis née en 1930, j'ai donc largement eu le temps d'apprendre à être prévoyante. Regardez donc sous le banc !

Cendrillon se pencha plus rapidement que lui. Elle trouva un panier qui contenait un dîner de fête pour deux personnes. C'était déjà ça.

— Ida, vous êtes d'enfer ! s'enthousiasma Lisa. Un pique-nique réveillon de Noël entre le dix-septième et le dix-huitième étage d'un immeuble de la Cinquième Avenue, je l'ajoute immédiatement sur ma liste !

— De rien, chérie, de rien, répondit la vieille dame.

— Vous vous joignez à nous, Alexeï ? demanda Lisa en ouvrant un pot de tarama.

— À nous ? Il est hors de question que j'accepte de participer à ce simulacre ridicule de réveillon ! hurla Sam dont le teint virait au bleu nuance panique.

Cendrillon/Ginger éclata de rire. Sous la couche d'anxiété qui l'étouffait, il sentit monter en lui une irrésistible envie de l'embrasser comme dans les films en noir et blanc. De lui donner le genre de baiser définitif qui vient juste avant que ne surgisse *The End* en belles lettres anglaises sur le grand écran.

— Simulacre ? C'est très étonnant comme mot dans la bouche d'un gars de votre âge. Vous conduisez une voiture à cheval et faites vos mots croisés à la lampe à pétrole, aussi ?

Sam blêmit encore davantage. Ses poumons manquaient d'air. Il suffoquait. Lisa arracha la bouteille de Taittinger Brut des mains d'Alexeï. Elle tendit une coupe à Sam.

— La vodka plus le champagne, très mauvaise idée..., parvint-il à articuler.

— Buvez ! insista-t-elle.

Il vida la coupe d'un trait. Il tenta de se relever. Il tituba. Il s'effondra à nouveau. La brume envahit son cerveau. Il lui sembla que Lisa/Cendrillon/Ginger chuchotait : « Tu veux danser avec moi, chéri ? Et après quelques rendez-vous, on pourrait essayer de faire quelque chose pour améliorer tes statistiques. Ne t'inquiète pas, les plans à trois, moi non plus, ce n'est pas du tout mon truc... »

Et il perdit connaissance.

***

Une caresse délicieuse tentait de le ramener à la vie. On lui pinçait le nez un peu fort. Mais des lèvres d'une douceur inouïe faisaient ventouse sur les siennes. Il entrouvrit les yeux et se demanda s'il n'allait pas revoir son jugement sur les miracles de Noël.

Ginger Rogers lui roulait une pelle.

— Hé, ho ! faudrait pas abuser des bonnes choses non plus, lui dit-elle.

— Même si je voulais, je ne pourrais pas, car je suis déjà à moitié mort…

— Ça, c'est impossible !

— Impossible ?

— C'est impossible, car mourir ne figure pas sur ma liste *45 trucs à faire à New York avant le 26 décembre au soir pour être certain de se réveiller heureux le 27 décembre au matin.* Et comme votre contribution aux 192,5 millions d'orgasmes sur Terre est très modeste, c'est sûr que vous méritez vraiment d'être un peu heureux !

Sam se détendit. Son visage dessina ce qu'il pouvait offrir de mieux comme sourire.

— Dites, vous croyez aux miracles de Noël, n'est-ce pas ? murmura Sam dont le cœur retrouvait peu à peu un rythme cardiaque acceptable.

— Ah mais non. Mais non, pas du tout ! Moi, je crois qu'on n'est jamais mieux servi que par soi-même. Pourquoi vous croyez que je me fais une liste ? Et d'ailleurs, sur votre liste à vous, il y a quoi ?

— Ma liste ? Oh là là, non, je ne fais jamais de liste !

— Détendez-vous, c'est pas une question piège, insista Lisa. Disons les choses autrement. Votre rêve le plus fou, alors ?

Sam bafouilla. Avant d'être coincé pendant une heure et trente-sept minutes dans cinq mètres carrés, de devenir dépendant au cocktail vodka/champagne, d'être réanimé par les lèvres les plus douces qu'il ait effleurées, il aurait répondu sans hésiter : danser toute la nuit avec la déesse des comédies musicales… Mais, soudain, il était tenté de répondre : faire un vœu avec une coupe de champagne sur le huitième banc du parc du pont de Brooklyn en regardant le jour se lever sur Manhattan (numéro 45 de sa liste à elle).

— Alors ? insista-t-elle.

— Vous allez vous moquer…

— Moi ? Jamais je ferais un truc pareil.

— OK, réussir un numéro de claquettes avec Ginger Rogers.

Elle resta trop longtemps silencieuse.

— Ah… je vois. Vous êtes le genre de gars qui craque pour Ginger Rogers, lâcha-t-elle, consternée.

— Je ne savais pas que ce genre existait mais oui, je suis ce genre de gars, répondit Sam, qui s'en voulait à mort d'avoir révélé son secret.

Maintenant, c'était cuit. Jamais elle n'accepterait de le revoir. Quand l'ascenseur redémarrerait, elle se rendrait à son réveillon et lui, au sien.

The End.

Sans baiser passionné. Ni belles lettres anglaises.

Juste A+.

The End, version 2016.

***

— Sam, c'est Imo !

La voix de sa sœur confirma la triste réalité.

— Imo ?

— Oui, c'est moi, Sam. Tout va s'arranger. J'ai négocié longuement avec Mme Berkowitz et nous avons fini par trouver un accord. J'ai promis d'appuyer son projet de plantation un peu spéciale.

— N'essayez même pas de m'escroquer, Imogene. Nous n'avons jamais parlé d'appuyer mais de faire passer, c'est très différent, dit une voix derrière elle.

— Faire passer, d'accord, madame Berkowitz. En tout cas, Sam, nous t'attendons pour dîner.

La cabine grinça, puis recommença à s'élever.

— Alexeï, s'il vous plaît, arrêtez l'ascenseur !

Le liftier appuya sur stop. Sam respira un grand coup.

— Imogene, j'ai deux nouvelles pour toi. Enfin, trois plutôt. Un : les miracles de Noël n'existent pas. Deux : je vais demander à Alexeï de me redescendre au rez-de-chaussée et, comme nous venons de vider une flasque de vodka à deux, nous sommes un peu intimes et il acceptera. Trois : tu as gagné ton pari. Je sais ce n'est pas la victoire par K-O que tu attendais. Mais la maison est à toi !

***

Assis sur le banc numéro huit, Sam fixait le pont de Brooklyn et guettait le premier rayon du soleil. Il avait apporté une bouteille de champagne. La Grosse Pomme avait réveillonné. Elle prenait tout son temps pour se réveiller. Les gratte-ciel s'allumaient en désordre.

C'était sublime.

Peu à peu, le parc s'anima. Un couple de jeunes parents, tiré du lit par un garçonnet qui voulait tester son tricycle de pompier, lui sourit. Sam leur rendit un sourire forcément un peu triste. Puis, il détourna la tête pour se reconcentrer sur l'horizon.

C'est là qu'il l'aperçut. Un peu plus loin, une blonde hilare en robe de fée s'appliquait à danser comme Ginger Rogers.

— Pas de commentaires, s'il vous plaît ! Vous noterez que je fais de mon mieux, dit-elle.

— Je ne commente pas, j'admire ! répondit Sam en se demandant si son taux d'alcool était redescendu ou s'il prenait ses rêves pour la réalité.

Les pas de Lisa avaient la grâce d'une bourrée paysanne interprétée par un rugbyman en fin de troisième mi-temps. Et ils auraient sûrement provoqué la grève illimitée de Fred Astaire.

Mais Sam s'en fichait, il allait applaudir quand même.

Lisa stoppa net son mouvement, déboula vers le banc et désigna la bouteille de champagne.

— Grouillez, le jour se lève, faites votre vœu ! dit-elle. Pour que ça marche, il faut trinquer. Maintenant !

Il fit sauter le bouchon et ferma les yeux.

— Vous attendez quoi là, exactement ? l'interrompit Lisa.

— Qu'est-ce que j'attends ? Je ne sais pas, moi…, dit Sam, un peu affolé.

Elle attendait qu'il n'attende pas quelque chose. Que ne devait-il pas attendre ? Que le soleil illumine complètement Manhattan ?

— Votre sœur avait vraiment raison, vous vous débrouillez comme un manche avec Noël.

— Imogene, vous connaissez Imogene ? répliqua Sam sous le choc.

Elle dit oui, soudain terriblement gênée.

— Alors, votre boulot de Noël, le prince grognon à sauver… c'était moi ?! bredouilla-t-il, atterré.

— C'était vous.

Sam venait de recevoir la confirmation officielle que les miracles n'existaient pas. Sa sœur était vraiment prête à tout pour gagner son pari. Même à recourir au mirage de Noël. Il aurait pu garder les clés du cottage dans le Kent.

Abasourdi, il se leva.

— Attendez…, le retint Lisa. Vous oubliez votre bouteille.

— Elle est à vous, je vous la laisse, c'est un cadeau.

Il fit quelques pas.

— J'ai démissionné direct en arrivant chez votre sœur, vous savez. J'ai rendu mon tablier de Cendrillon. J'en voulais plus de son boulot à la con, lui lança Lisa.

Sam Miller aurait voulu continuer à marcher vers la sortie du parc. Comme un scientifique rationnel de renommée mondiale digne de ce nom.

Mais il se retourna :

— Et votre loyer ?

— La magie de Noël n'a pas de prix…

Elle souriait, le nez congelé, en grelottant dans sa robe de fée. Il quitta son pardessus et le déposa sur ses épaules. Ses boucles blondes s'illuminèrent soudain sous un rayon de soleil plus costaud que la couche de nuages.

Elle dit :

— Merci.

Il répondit :

— Je vous en prie.

Elle continua :

— Alors, vraiment, vous ne voyez toujours pas ?

— Je suis dans ce que l'on appelle une obscurité totale, confirma Sam.

— Bon, je n'ai vraiment pas le choix, je vais être obligée de vous ouvrir les yeux… En gros, pour espérer être heureux, vous avez deux options : prier pour que les miracles finissent par exister…

— Ou ?

— Vous pencher, m'embrasser et être heureux tout de suite. Mais bon, c'est à vous de voir…

Sam trancha rapidement. Il l'embrassa durant soixante et une secondes. Un baiser plus long que le plus long baiser de l'histoire du cinéma. Et lui permit ainsi d'améliorer la performance de Faye Dunaway dans *L'Affaire Thomas Crown*. Ce qui, du même coup, faisait de lui un type aussi charmant que Steve McQueen.

Ravie, Lisa se mit à chantonner *Let it snow!*

Autour d'eux, des flocons commencèrent à virevolter.

Sam Miller n'en revenait pas.

Il pensa « Merci Frankie ! Joyeux Noël, vieux ! »

CAP ?

*

Marie Vareille

Le loquet tournait dans le vide, je secouai la poignée comme une alcoolique son shaker à cocktail. Rien. Avec un rire nerveux, je tapai sur la porte.

— Chantal ! Je suis coincée !

Pas de réponse.

D'un seul coup, l'électricité des Galeries Parisiennes fut coupée. Prise de panique, je vidai le contenu de mon sac à main sur le sol. Mes doigts fébriles tâtonnèrent dans l'obscurité à la recherche de la forme rassurante et de la texture lisse de mon ange gardien, puis je me souvins. Je n'avais plus d'iPhone : j'étais en putain de digital detox depuis la veille.

Merveilleux.

Samedi 24 décembre, vingt heures, j'étais enfermée dans le noir et dans une cabine d'essayage des très prestigieuses Galeries Parisiennes, déguisée en Mère Noël, sans téléphone portable, avec une bouteille de Moët & Chandon et un paquet de chewing-gums à la chlorophylle pour tenir jusqu'au lundi 26 au matin. J'avais dû être Hitler dans une vie antérieure pour me taper un karma aussi pourri. Je poussai un soupir et, de découragement, me laissai glisser le long de la paroi.

***

— Vous vous placez en haut des escalators et vous vaporisez le parfum vers chaque client qui passe en disant : « Cannelle, pain d'épices, délices de Noël par Legrand, Parfumeur d'Intérieur Parisien depuis 1924. »

— Vous êtes sûre que je n'ai pas besoin d'un L ? Je me sens serrée dans le M, avais-je répondu en tirant sur la fourrure blanche qui bordait ma mini-jupe rouge.

— Mais non, Valentine, vous faites tout à fait X-mas spirit.

Chantal de Fontanelle m'avait collé un flacon dans les mains et indiqué la croix sur le sol où je devais me tenir, dans le costume d'une Mère Noël qui aurait soit prévu d'arrondir ses fins de mois au bois de Boulogne, soit taillé du huit ans et demi.

Bienvenue dans le « Xmas spirit » version 2016 : la Mère Noël est passée en mode cougar, bientôt ce sera le tour de la Vierge Marie.

Au bout d'une demi-journée d'essai, j'étais embauchée jusqu'au 24 décembre. J'avais annoncé à mes parents que j'avais trouvé un CDD aux Galeries Parisiennes tout en me gardant bien de leur préciser que le CDD en question consistait à asperger de force et de parfum tous les passants, le tout déguisée en prostituée lapone. C'était passé comme une lettre à la Poste, jusqu'à ce que ma sœur décide de venir me rendre visite, hier, le 23 décembre.

— Valentine ?! avais-je entendu.

Dans un réflexe de défense tout professionnel, je lui avais vaporisé en pleine tête toute la magie cannelle-pain-d'épices de Noël.

— Arrête, ça empeste ! s'était exclamée Anne-Sophie, convainquant ma seule cliente potentielle de la journée qui étudiait pourtant le flacon avec intérêt de le reposer sur l'étagère. Qu'est-ce que tu fiches ici dans cette tenue ? On dirait que tu fais le tapin !

— Exactement, je fais le tapin de Noël.

— Qu'est-ce que tu racontes ? m'avait répondu ma sœur, les yeux ronds.

— Maman t'a pas dit ? J'ai été embauchée comme… catin de Noël !

J'avais éclaté de rire et les sourcils parfaitement épilés de ma grande sœur s'étaient dangereusement rapprochés l'un de l'autre.

— Tu sais, on se fait beaucoup de soucis pour toi, Valentine.

— C'était une blague, catin, tapin de Noël, comme un sapin quoi, sauf que là…

— Je t'attends à la sortie.

Elle avait tourné les talons et j'avais soupiré : le monde serait-il un jour prêt pour mon humour ravageur ?

Anne-Sophie m'avait harponnée à la sortie des Galeries Parisiennes et tirée par le bras jusqu'au Starbucks comme une gamine désobéissante à la sortie de la maternelle. Officiellement, elle s'inquiétait de savoir comment se passait mon nouveau travail, qui, comble de l'ironie pour un travail dit « nouveau », se terminait le lendemain. Officieusement, elle venait négocier ma présence au repas familial de Noël.

Je déteste Noël, je déteste la notion de famille et je déteste par-dessus tout fêter Noël en famille. Tous les ans, je m'enferme chez moi avec une bouteille de Tequila et l'intégrale de *Game of Thrones* du 24 décembre dix-huit heures au 25 décembre minuit et je me repasse en boucle les épisodes où on aperçoit les fesses de Jon Snow. Voilà ma conception d'un joyeux Noël.

— Je croyais que tu avais trouvé un vrai travail ?

La tête baissée sur mon smartphone, j'envoyais des textos à ma copine Ashley pour la prévenir que je serais en retard au bar où elle m'attendait.

— J'ai un vrai travail : je suis commerciale pour parfum d'intérieur, avais-je marmonné en expédiant à Ashley une émoticône qui lève les yeux au ciel.

— Écoute, tu devrais venir : Jérôme a invité un collègue qui est seul pour Noël, célibataire et…

— Tu veux dire que non seulement on célébrera cette fête stupide qui provoque chaque année un pic de suicides et le meurtre de milliers de sapins innocents mais qu'en plus, j'aurai le plaisir d'être prise dans un guet-apens amoureux avec un des collègues passionnés d'assurances de Jérôme ? N'en dis pas plus, tu m'as convaincue, Anne-Sophie.

Émoticône qui se suicide, suivie d'émoticône qui pleure de rire.

— Tu n'es pas capable de passer trois minutes sans ton téléphone, Valentine, c'est une véritable addiction. Tu as déjà entendu parler de digital detox ?

— C'est quoi ce délire, encore ?

J'avais envoyé à Ashley les mots « digital detox » accompagnés d'un nombre un peu excessif de points d'interrogation. Anne-Sophie avait levé les yeux au ciel.

— Un jour, Valentine, l'amour viendra frapper à ta porte et tu ne l'entendras pas parce que tu seras en train de jouer à Candy Crush.

— Pour info, les mecs qui viennent frapper à ta porte, c'est pas l'amour, c'est des témoins de Jéhovah.

— Très drôle. Franchement, il est temps que tu grandisses, je sais que ça a été difficile pour toi, mais sache qu'en France, une femme sur quatre…

— Bien sûr que je peux me passer de mon téléphone, avais-je coupé agressivement, préférant encore le sujet de mon addiction aux nouvelles technologies à celui que ma sœur essayait d'aborder.

— Je parie que tu es incapable de passer vingt-quatre heures sans.

— Bien sûr que si !

Avec un sourire aussi inquiétant qu'une convocation au commissariat, elle m'avait tendu sa main aux ongles manucurés, en profitant pour faire admirer à l'intégralité du Starbucks sa bague de fiançailles hors de prix.

— Cap ?

J'étais restée tétanisée. Ma grande sœur m'avait dit « Cap », ce qui, à vingt-huit ans comme à cinq ans et demi, avait toujours eu sur moi l'effet d'une formule magique. Ces trois lettres m'avaient notamment convaincue d'avaler un scarabée vivant (six ans), d'offrir à Lucie Lambert un shampoing camomille dont j'avais remplacé le contenu par de la crème dépilatoire (neuf ans et demi), de franchir le rideau de perles d'un sex-shop pour demander un vibromasseur rétroéclairé (douze ans trois quarts) et de rouler une pelle à mon prof de philo (dix-sept ans).

— Tu fais chier, putain, avais-je marmonné.

J'avais avalé une gorgée de mon Mocha Blanc Cranberry spécial Noël et je lui avais livré mon meilleur ami d'une main tremblante. Je m'étais consolée en songeant que cette défaite aurait au moins le mérite de m'éviter le sempiternel « Tu devrais voir un psy, tu fais une dépression » qui concluait toutes nos conversations depuis deux ans.

— Tu fais une dépression, tu devrais voir un psy, avait-elle répondu en se levant, on t'attend après-demain à midi pile !

Le lendemain était mon dernier jour de CDD et j'étais restée après la fermeture du magasin pour récupérer mon solde de tout compte. En me tendant mon chèque, Chantal m'avait dit :

— C'est Noël, vous pouvez choisir quelque chose dans le magasin et vous l'aurez à moitié prix.

Je m'étais décidée pour une bouteille de champagne, puis j'avais regardé autour de moi et mes yeux étaient tombés sur une robe dorée, longue et fluide. Le genre de robe importable, même pour Sharon Stone à Cannes. Prise d'une impulsion subite, j'avais dit :

— Je peux essayer la robe dans la vitrine ?

— Honnêtement, je préférerais que vous l'essayiez dans la cabine d'essayage, m'avait elle répondu.

Chantal de Fontanelle venait-elle de faire une blague ? Son téléphone avait sonné et elle avait décroché. J'étais partie essayer la robe et avais constaté avec philosophie que je ressemblais à une grosse saucisse scintillante. J'étais ensuite retournée m'enfermer dans la cabine pour enfiler à nouveau mon costume de Mère Noël, puisque j'avais laissé mes affaires au vestiaire du personnel. Il faut croire qu'entre-temps, Chantal de Fontanelle avait tout simplement oublié mon existence.

***

— Chantal ! hurlai-je de nouveau en tapant sur la porte en bois.

Quelque part, une cloche sonna neuf coups. Une heure que le magasin était fermé, tout le monde était rentré chez lui.

En désespoir de cause, je me décidai pour une action constructive : ouvrir le champagne.

— Joyeux Noël, Valentine, marmonnai-je en buvant une gorgée au goulot.

La cloche sonna dix heures, j'avais faim et quasiment fini la bouteille. Je regrettais presque de n'avoir pas accepté ce réveillon. Mes parents, ne me voyant pas arriver et avec leur lucidité habituelle, auraient imaginé que j'étais morte, égorgée par un serial-killer schizophrène qui m'aurait confondue avec une dinde de Noël. Ils auraient prévenu la police qui m'aurait libérée. Mais j'étais probablement la seule personne sur Terre dont l'absence un 24 décembre n'inquiétait personne, et il fallait bien admettre que c'était en partie de ma faute.

Sous l'influence d'une subite poussée d'adrénaline (ou de l'excès de champagne), je me levai et me jetai de toutes mes forces sur la porte. Je rebondis comme une balle de ping-pong et vins m'écrouler sur le sol.

— Aïe ! Putain de bordel de merde de chiottes !

Cette fois, je me mis à pleurer en massant mon bras endolori. Je haïssais Noël. Je haïssais les Galeries Parisiennes et le parfum d'intérieur.

Puis, d'un coup, je me figeai de stupeur : je venais d'entendre frapper à la porte de la cabine. Je m'arrêtai tout net de sangloter. Avais-je bien entendu ? J'avais dû rêver. Je m'apprêtais à reprendre mes activités là où j'en étais (me moucher dans mon bonnet de Mère Noël) quand j'entendis très distinctement une voix masculine dire :

— Il y a quelqu'un ?

Quand on est enfermé dans une cabine d'essayage en pleine nuit et qu'un inconnu louche vous demande s'il y a quelqu'un, il n'y a qu'une chose raisonnable à répondre :

— Non, il n'y a personne, dis-je d'une voix ferme.

Raclement de gorge perplexe derrière la porte.

— Que faites-vous là ? Qui êtes-vous ?

— Je suis la Mère Noël et je réveillonne, répondis-je d'une voix acide.

Silence.

— Fort bien. Joyeux Noël alors, dit-il.

Stupéfaite, j'entendis ses pas s'éloigner.

— Hé ! Attendez !

Les pas s'arrêtèrent.

— Oui ?

Il avait une voix grave dans laquelle je crus déceler une pointe d'amusement et un léger accent britannique. Je décidai qu'un accent aussi sexy que celui de

Hugh Grant était la preuve d'un bon fond et pris une voix suppliante :

— Je suis enfermée, je n'arrive plus à sortir, vous ne voulez pas essayer de m'ouvrir la porte ?

Il y eut un silence, un léger soupir.

— C'est Noël, poursuivis-je, si vous ne m'aidez pas, je mourrai probablement de froid, de faim et de désespoir. On ne peut pas laisser tomber quelqu'un à Noël, c'est interdit… S'il vous plaît, Dieu ou le Père Noël vous a probablement envoyé pour me sauver, ne refusez pas le destin qui vous a mis sur mon chemin.

J'avais vraiment bu trop de champagne. L'homme derrière la porte eut un rire grave.

— Très bien, écartez-vous de la porte, je vais l'enfoncer.

Je me recroquevillai au fond de la cabine et protégeai ma tête.

— Allez-y !

Il y eut un violent craquement, la porte céda et je fus aveuglée par le faisceau d'une lampe de poche.

— Surprenant : vous êtes réellement la Mère Noël, constata mon sauveur avec flegme en promenant la lumière de sa torche sur mon costume rouge et blanc.

— Enlevez-moi ça de la figure, dis-je en me redressant tout en tentant de me protéger les yeux avec mon bras.

Il baissa la lampe.

— Désolé.

Je ne pouvais pas voir son visage dans l'obscurité.

— Merci, grommelai-je.

Avec toute la dignité (c'est-à-dire aucune) que me permettaient ma tenue et la bouteille de champagne avalée à jeun, je me levai et m'avançai d'un pas décidé vers la sortie.

— Où allez-vous ?

— Appeler la police, histoire que quelqu'un vienne me sauver. D'ailleurs, je ne comprends pas pourquoi l'alarme ne s'est pas déclenchée…

Je me dirigeai vers le bureau de Chantal et décrochai son téléphone. Pas de tonalité. Je sautai devant la caméra de surveillance comme un hanneton sur un trampoline. Rien.

L'homme me rejoignit à ce moment-là, son visage toujours dans l'ombre.

— J'ai coupé l'alarme et le téléphone, et si vous êtes en possession d'un téléphone portable, je vous serai gré de ne pas alerter qui que ce soit et à plus forte raison la police.

Téléphone portable ! Je retournai méthodique ment tous les tiroirs du bureau de Chantal à la recherche d'un téléphone, un tam-tam, un Minitel ou un pigeon voyageur, bref ! n'importe quel moyen de communiquer avec l'extérieur. Nouvel échec.

Désespérée, je m'affalai dans son fauteuil et me mis à pleurer. Après un instant d'hésitation, l'inconnu s'assit à côté de moi.

— Je n'ai pas l'intention de vous faire du mal, je voudrais juste que vous attendiez quelques heures avant de signaler notre présence…

Comme je ne répondais pas, il poursuivit plus gentiment :

— Vous avez l'air de beaucoup pleurer…

— Avant ce soir, je n'avais pas pleuré depuis vingt-six mois, répondis-je en reniflant, mais j'enchaîne vraiment les tuiles aujourd'hui.

Il y eut un silence.

— Vingt-six mois, c'est précis, fit-il remarquer.

— Qu'est-ce que vous faites ici, vous ? demandai-je pour changer de sujet.

— Je suis venu cambrioler la caisse. Voyez-vous, le directeur des Galeries Parisiennes garde dans son coffre au dernier étage l'intégralité des recettes de Noël.

Il avait dit ça comme il aurait dit « je suis venu acheter du Saint-Nectaire ». Tout allait bien.

— Vous êtes un criminel !

— Je préfère le terme gentleman cambrioleur : je ne vole qu'aux escrocs et je reverse la moitié de mes gains à l'Unicef.

— Non seulement vous êtes un criminel mais en plus, vous êtes fou.

— Absolument pas. Sachez que le propriétaire des Galeries Parisiennes a construit sa fortune en détournant les fonds d'une association visant à scolariser des enfants en Somalie qui a fermé à cause de lui. Je ne fais donc que rendre à César ce qui lui appartient, enfin en l'occurrence aux Somaliens.

— Vous devriez aller voir un psy, Robin des bois.

— Il faut simplement que nous attendions jusqu'à trois heures du matin.

— Si vous me prenez en otage, je porterai plainte. Et d'abord, pourquoi trois heures ?

— Parce qu'il a prévu de rejoindre sa maîtresse à deux heures trente, après son réveillon en famille, ils passeront donc aux choses sérieuses vers trois heures, ce qui me laisse une bonne demi-heure sans qu'il se connecte au système de surveillance privé de son bureau que je n'ai malheureusement pas réussi à pirater.

— Aux choses sérieuses ?

Je le vis sourire dans le noir.

— Que voulez-vous qu'un homme fasse chez sa maîtresse à trois heures du matin ? Installer la crèche ?

— Vous êtes fou.

— Vous l'avez déjà dit, reprit-il d'une voix amusée, permettez-moi toutefois de vous faire remarquer que ce n'est pas moi qui ai décidé de passer mon réveillon déguisé en Mère Noël enfermée dans une cabine d'essayage, seul en compagnie d'une bouteille de champagne.

— C'est une longue histoire et j'ai faim.

— Très bien, nous n'avons qu'à réveillonner ensemble et vous me raconterez ça.

Il manifestait une telle assurance qu'après une seconde de réflexion, je m'entendis lui répondre :

— Je ne réveillonne pas, c'est contre mes principes, mais j'accepte un dîner.

Et après tout, ce n'était pas comme si j'avais eu quoi que ce soit de mieux à faire.

Vingt minutes plus tard, nous avions colonisé la table la mieux placée du Café Parisien au dernier étage des Galeries. Nous pouvions admirer d'un côté la vue sur les toits de la capitale et de l'autre, le sapin de Noël illuminé qui se dressait au centre du magasin, seul rescapé, avec les vitrines, de la coupure nocturne d'électricité. J'avais déniché une dizaine de bougies au rayon déco et lui avait dévalisé le rayon gastronomie : foie gras, sauternes, saumon fumé sur blinis, fromages fins, panettone et biscuits à la cannelle recouvraient la nappe blanche. Si je n'avais pas été en compagnie d'un cambrioleur à la santé mentale douteuse, j'aurais presque trouvé le cadre romantique.

Il m'avança une chaise avec une petite courbette.

— Mademoiselle.

Je m'assis et dépliai ma serviette devant l'élégant service en porcelaine.

— Vous savez que des gens font la queue une heure pour boire un thé ici, dis-je en examinant les initiales gravées sur ma fourchette en argent.

Je pouvais enfin voir son visage. Une barbe de quelques jours dessinait une ombre sur ses joues pâles. Ses cheveux châtains dans lesquels il passait régulièrement une main élégante se dressaient en bataille sur son crâne. Dans la lumière oscillante des bougies, je ne pus déterminer si ses yeux étaient bleus ou verts.

Il pencha la tête sur le côté, me fit un demi-sourire et nous servit deux verres de sauternes.

— J'ai l'impression que vous m'examinez sous toutes les coutures, je vous plais ?

Le caractère direct de la question me déstabilisa et je ne pus retenir un petit rire.

— Vous m'intéressez.

— Vous, vous me plaisez, dit-il avec détachement, surtout quand vous riez.

— Vous êtes direct.

— Je déteste perdre du temps, nous en avons si peu.

— Si vous espérez conclure avant trois heures, je préfère vous prévenir que ça n'arrivera pas, rétorquai-je en me servant du foie gras.

Il sourit de nouveau, son regard caressa mon visage et s'arrêta sur mes lèvres.

— Je ne parlais pas de ce soir, mais du temps en général : la vie est courte, il faut en profiter. Vous ne trouvez pas ça romantique, vous, un réveillon aux chandelles, Paris sous la neige, le sapin de Noël illuminé…

— Hmmm, je ne sais pas où vous avez vu de la neige, il pleut et je déteste Noël.

— On ne peut pas détester Noël, il n'y a rien à détester : on se fait beau, on mange bien, on voit sa famille, ses amis, on ne travaille pas…

— Pas du tout, on caille, on fait une crise de foie et on remet sur le tapis toutes les vieilles disputes familiales des années précédentes, c'est vraiment pas mon truc.

— C'est quoi votre truc, alors ?

Je haussai les épaules.

— Je n'ai pas de truc.

— Pas de truc ? Tout le monde a un truc. Si vous pouviez avoir n'importe quoi pour Noël, vous demanderiez quoi ?

— Rien.

— Je suis le Père Noël, choisissez un cadeau, je vous offre tout le magasin.

— Puisque je vous dis que je ne veux rien.

— Et si, en guise de cadeau, je vous proposais de revenir vingt-six mois en arrière et de changer le passé ?

Je sursautai et le dévisageai avec méfiance, mon blini au tarama à la main.

— Pourquoi vingt-six mois spécifiquement ?

— Vous avez avoué que la dernière fois que vous aviez pleuré, c'était il y a vingt-six mois ? Je peux vous demander pourquoi ?

— Rien de grave.

— Vous pleurez une fois en vingt-six mois et ce n'est pas pour quelque chose de grave ?

— Je devais avoir un bébé. Je l'ai perdu.

« Perdu ». Comme on perd un trousseau de clés, un ticket de bus, une partie de Candy Crush, son sang-froid, la tête et la mémoire.

Il y eut un silence.

— C'est grave, non ?

Je haussai les épaules.

— Une femme sur quatre fait une fausse couche en France.

— Le père ?

— Parti.

— Ah.

— Comme vous dites.

Il hésita, porta le verre à ses lèvres. Les flammes des bougies se reflétaient dans ses yeux. Il s'essuya la bouche avec sa serviette. J'avais sérieusement cassé l'ambiance.

— Bon, vu que vous n'allez pas m'offrir un bébé, je propose que vous alliez piquer une boîte de macarons au stand Ladurée, ce sera mon cadeau de Noël.

— Techniquement, si c'est que vous voulez, je peux très bien vous offrir un bébé, répondit-il avec sérieux.

Je pouffai.

— Et où et comment comptez-vous m'offrir un bébé ?

— Au troisième, rayon literie, quant au comment, je pense que vous pouvez deviner.

Je fus prise d'un irrépressible fou rire.

— Dois-je en déduire que vous acceptez ?

Une étincelle de malice plutôt séduisante était apparue dans ses yeux clairs.

— Certainement pas.

— Pourquoi ?

— Vous n'imaginez quand même pas que je vais coucher avec vous ici, sans protection en plus ?!

— C'est Noël, on dîne à la lueur des bougies, en tête-à-tête à la table la plus courue de la capitale, Paris scintille, vos yeux aussi, on peut difficilement imaginer plus romantique qu'une nuit d'amour au rayon literie des Galeries Parisiennes.

— Ça n'a rien de romantique, c'est sordide !

Pour me donner une contenance, j'avalais une nouvelle gorgée de vin.

— Sordide ? répéta-t-il avec une étrange douceur, laissez-moi deviner dans quel contexte vous trouveriez ma proposition acceptable : disons que lundi, je vous invite à dîner, je fais semblant de ne pas avoir envie de coucher avec vous, je prends votre numéro. J'attends trois jours pour vous rappeler, on va au ciné voir un navet. À la sortie, je fais semblant de ne pas avoir aimé pour avoir l'air intello alors que j'ai pleuré tout le long, vous me dites que vous avez froid, je vous prête mon écharpe, vous trouvez ça romantique, je vous embrasse, j'embrasse très bien, soit dit en passant, je fais semblant d'oublier de la récupérer, on échange sur cette écharpe des textos aussi sincères qu'un programme électoral, des messages qu'on relit dix fois pour éviter les fautes d'orthographe, on se revoit, on retourne au restaurant, je vous propose un dernier verre chez moi, vous faites semblant de croire que tout ce que je veux faire avec vous, c'est effectivement boire un verre, on couche ensemble avec une capote, on attend quatre mois, on fait un test pour vérifier nos MST respectives, vous commencez la pilule, on couche ensemble sans capote, de temps en temps on se dispute sur des sujets essentiels comme l'étagère que j'ai montée à l'envers et qui dépasse de l'encadrement de la porte, on attend un, deux ans, peut-être même trois, et on commence enfin à discuter d'un bébé alors que vous m'avez dit, pas plus tard qu'il y a trois minutes, que vous saviez déjà que c'était ce que vous vouliez.

J'avais ri, c'était plus fort que moi, il avait quelque chose de flamboyant dans son enthousiasme. Il avait le panache d'un mousquetaire, la grandeur d'un chevalier de la Table ronde fourvoyé dans les tourments du vingt et unième siècle.

C'est alors qu'il m'a tendu la main et, le regard provocant et rempli de promesses, il a dit :

— Cap ?

Et peut-être que c'était l'alcool, les lumières sur les toits de Paris, la magie de Noël, mais je n'ai pas réfléchi et j'ai pris sa main dans la mienne. Au rayon literie, nous avons choisi un lit à côté de la fenêtre. Il a changé les draps d'exposition pendant que j'allumais les bougies. C'est vrai qu'il embrassait bien. Il a insisté pour que je garde mon bonnet de Mère Noël. Dans notre empressement, nous avons brisé un flacon de parfum « Délices de Noël » Legrand. On s'est endormis au petit matin, épuisés et le corps moite dans les effluves de cannelle et de pain d'épices. J'ai regardé l'aube se lever sur les toits de zinc encore luisants de pluie, blottie contre lui et le souvenir de notre nuit. Il n'a jamais vidé le coffre du directeur général et je n'ai jamais eu mes macarons Ladurée, mais pour la première fois depuis trois ans, je me suis dit que finalement, Noël, ce n'était pas si mal.

Il s'est réveillé, les cheveux en bataille et le sourire aux lèvres. En plein jour, il me plaisait encore plus qu'en pleine nuit.

— Tu veux venir déjeuner chez mes parents ? ai-je demandé sans réfléchir.

Aussitôt j'eus envie de me baffer. Quelle fille normale invite son coup d'un soir à un déjeuner de Noël familial ?

— OK, a-t-il répondu comme si c'était une proposition tout à fait raisonnable, mais passons au rayon chocolats, pour ne pas arriver les mains vides.

Ravie, je sautai du lit et commençai à me rhabiller.

— Si ma sœur te pose la question, dis-lui qu'on s'est rencontrés sur Candy Crush.

— Je n'y manquerai pas, en revanche, je ne pourrai pas rester pour le dessert : je rentre à Londres par l'Eurostar de seize heures.

— Oh.

Je me sentis idiote, tout à coup. Terriblement déçue.

— Un magasin de cravates à dévaliser pour le Jour de l'an, expliqua-t-il en s'étirant.

— Super, dis-je sans aucune conviction.

Il enfila son boxer, puis se tourna vers moi.

— D'ailleurs, tu pourrais venir…

Je restai immobile, mon bonnet rouge à la main, hésitant entre assumer le sourire idiot qui s'imposait sur mes lèvres et lui sauter au cou.

— Venir à Londres ? Pour voler des cravates ?

Il me fit un clin d'œil.

— Oui… Alors ? Cap ?

Un an après…

UNE PARTIE DE PLAISIR

*

Isabelle Alexis

Mais non, pas encore ! Recevoir l'invitation pour le réveillon de Noël chez sa belle-famille, alors qu'on est parti avec la sœur de sa femme la dernière fois, est toujours une partie de plaisir. Stan n'en revenait pas du mail de Nicole. Un mail trop gentil. Une cordiale invitation comme si de rien n'était. Les quelques lignes mielleuses sentaient le traquenard à plein nez.

Après le crush et crash de l'an passé, Stanislas n'avait pas réintégré le domicile conjugal. Il s'était pris un deux-pièces, non loin de chez Audrey qu'il voyait régulièrement. Il lui laissait sa vie d'activiste tout en n'étant jamais loin. Chez lui, il avait arrangé une belle chambre, avec deux mezzanines pour ses jumelles qu'il voyait un week-end sur deux et pendant les vacances scolaires. Bien qu'ils ne soient pas encore divorcés, Charlotte tenait à faire comme si c'était le cas. Au cabinet, son patron, ravi qu'il soit séparé, avait organisé un pot au bureau ; Stan avait levé sa coupe devant ses collègues souriant, c'était moderne de fêter ses ruptures, ça venait des USA… Par la suite, heureux de cette nouvelle disponibilité, le boss lui avait refilé le double de dossiers. Stan s'était plongé dans le travail jusque tard dans la nuit, oubliant les remontrances de Charlotte et ses sempiternelles « À quelle heure tu comptes venir te coucher ? » À présent, il travaillait aussi tard qu'il le fallait et venait de passer associé dans son cabinet, au mois de mai dernier.

Côté cœur, il était officiellement avec Audrey même s'ils n'habitaient pas ensemble. Heureusement, car en plus de ses deux chats et de son petit cocker, Audrey vivait maintenant avec quatre lapines obèses génétiquement modifiées, sauvées d'un laboratoire de recherche agroalimentaire. Labo qui avait évidemment porté plainte contre Audrey et ses amis, puisqu'ils avaient défoncé la porte à coups de pied de biche pour en sortir vingt-sept lapines de cages bien trop petites dans lesquelles elles croupissaient sans même pouvoir se retourner. L'équipe de *Boucherie Abolition* les avait installées dans des refuges pour animaux et Audrey en avait gardé quatre dans son appartement, en attendant qu'un refuge puisse les accueillir. Le pire, c'est qu'elle dormait avec. La plainte du labo contre Audrey et ses amis avait atterri sur le bureau de Stan, bien sûr.

Sa « fiancée-animaliste », comme il aimait l'appeler, venait chez lui deux fois par semaine. Lorsque Stan n'avait pas les jumelles, il leur arrivait de partir en week-end dans des relais châteaux en Touraine, où elle faisait toujours quelques esclandres dans le restaurant gastronomique devant le menu, à propos de cette « satanée bouffe de spécistes ».

La nouvelle vie de Stan lui plaisait beaucoup. On pouvait la résumer de la manière suivante : « Jamais avec mais jamais sans. » Ce n'était pas si mal, tout compte fait…

***

Du côté de chez Charlotte

Elle aurait volontiers mis des coups de poing dans les murs. Elle avait la sensation de s'être fait avoir de tous les côtés. Un an plus tôt, son coup de cœur pour Antoine Setton, son patron, qui dirigeait un site de vente aux enchères d'œuvres d'art sur Internet, et pour qui elle travaillait depuis dix-huit mois, s'était soldé par un abîme existentiel. Il l'avait complimentée devant tout le monde, lui avait envoyé des messages adorables par textos, auxquels elle répondait encore plus « gentiment ». Elle était allée jusqu'aux terribles : « Tu me manques », « Hâte de te voir demain », etc. C'était on ne peut plus vrai, la pauvre ressentait des papillons dans le ventre dès qu'il franchissait la porte chaque matin, tout sourire… Tout ça pour quoi ? Ce type avait appris par cœur *Comment manager ses troupes*, oui. Toute la boîte était tombée amoureuse de lui, maraboutée par sa voix, ses encouragements perpétuels, la mise en valeur de ses salariés et ils avaient tous oublié de lui facturer leurs heures supplémentaires. Il accomplissait un management à l'américaine, ultra-moderne, où tout le monde se tutoyait et ne cessait de valoriser les compétences des uns et des autres. Et Charlotte s'était envolée. De toute la boîte, c'était elle qui avait pris le plus cher. Elle s'était mise à l'idolâtrer, ne pensait qu'à lui, ne voyait plus que lui, alors qu'à la maison, Stan devenait un peu plus encombrant chaque jour. Tout ça pour quoi ? Devant l'absence de réaction du bel Antoine, Charlotte avait pris les devants et avait fini par lui avouer sa flamme. C'était début mars. Voilà six mois qu'ils flirtaient professionnellement. Mais seulement professionnellement. Et côté vie privé, Charlotte ressentait encore la morsure de l'humiliation en songeant à Stan, parti avec Audrey à Noël, devant toute la famille réunie. Elle attendait donc sa revanche. *Allez, Antoine, c'est le jour, c'est le moment ou jamais, propose-moi un verre, un dîner, un week-end, je t'en supplie…* Mais l'entrepreneur, portant mal son nom à ce moment-là, restait muet et rien d'excitant, hors horaires de bureau, ne se profilait à l'horizon. Lasse d'attendre, Charlotte avait fait irruption dans son bureau à 19 h 22, un mercredi, et lui avait lancé, sans même prendre la peine de fermer la porte : « Je crois que je t'aime ! » Antoine avait répondu : « Merci ». Puis il lui avait parlé d'une dame à Charleville-Mézières, dont l'arrière-arrière-grand-mère avait été proche de Napoléon III et de l'impératrice Eugénie, ils avaient découvert plein de choses intéressantes dans sa maison. Il y avait un bon nombre de tableaux, de meubles d'époque à racheter pour le site. Antoine en était sûr, les enchères allaient décoller, il allait faire un bénéfice à cinq chiffres au moins. D'ailleurs, si Charlotte pouvait se rendre elle-même sur place, histoire de faire l'inventaire du vide-grenier et prendre des photos… Charlotte avait accepté, le cœur et les neurones paralysés, et était partie le lendemain avec Armando, un Portugais qui sillonnait la France pour la société d'Antoine, et lui rapportait des *maravilhas* (merveilles). Dans la fourgonnette, avec Armando, Charlotte avait enfin réalisé : quand vous dites « je t'aime » à quelqu'un, est-ce qu'il vous envoie *illico presto* à Charleville-Mézières en camionnette avec un Portugais qui sent l'ail ?

Force était de constater…

Ce n'était pas le râteau de l'année, non… C'était celui de la décennie. Voire du siècle.

Mais, aussi étrange que cela puisse paraître, Charlotte ne renonçait pas, bien au contraire. Il soufflait le chaud et le froid ? On ne savait jamais sur quel pied danser avec lui ? Il devenait un défi à relever ? *Parfait, continue comme ça, Antoine, ça m'excite ! Tu m'excites comme jamais et comme personne.*

Par la suite, Charlotte avait tout de même soupiré d'aise quand elle avait appris que Stan avait loué un appartement de son côté et ne s'était pas installé chez Audrey. Ouf, c'était déjà ça ! Elle envoyait régulièrement à Stan les factures du psychologue consulté pour les jumelles, « traumatisées à vie d'avoir vu Papa embrasser Tata et partir avec elle ». En réalité, Augustine et Cerise n'avaient rien vu de tout ça mais Charlotte tenait à ce qu'elles continuent leur très coûteuse thérapie. Avec sa sœur Audrey, Charlotte avait coupé les ponts, déjà bien bringuebalants auparavant. Elle suivait les aventures de sa désormais rivale sur Facebook et Instagram. En fait, elle était au courant de tout. En juin, quand Audrey avait posté toute une série de photos sur la manif de L214 pour la fermeture des abattoirs, Charlotte avait posté une photo de son carpaccio qu'elle mangeait, seule dans une brasserie, près de chez elle. Audrey avait commenté sa photo avec moult bras d'honneur jaunes et des émoticônes éclairs. Ce qui rendait folle l'épouse abandonnée, c'était les photos de week-end dans des relais châteaux luxueux, où elle y découvrait Stan et Audrey, enlacés, tout sourire, devant des piscines ou même des montgolfières. Charlotte imprimait toutes les photos et les plaçait dans le dossier « Divorce où il devra même me laisser un de ses testicules ».

Dans ces moments *down*, si elle avait été honnête avec elle-même, Charlotte aurait pu avouer qu'il lui manquait affreusement. On n'efface pas douze ans de vie commune d'un coup d'éponge et puis, il fallait bien en convenir : la poursuite d'Antoine ne donnait pas de résultats satisfaisants. Une chimère totale : *Tu crois que tu vas l'avoir et au moment où tu penses y être arrivée, hop ! Tout est à recommencer depuis le début. Sisyphe, le gars ! Ça fait un an, réfléchis, ma pauvre fille ! Quel type normalement constitué attend un an avant de passer à l'acte ? Il t'aime ? Oui, comme une bonne employée, une bonne responsable des achats corvéable à merci,* criait une petite voix en elle. Et si Stanislas revenait à la maison et reprenait sa place de père et d'époux ? Certes, Charlotte avait eu la tête ailleurs durant un moment, mais maintenant (qu'elle commençait à être bien désillusionnée) tout pouvait rentrer dans l'ordre. Et si c'était le cas pour elle, il pouvait en être de même pour Stan…

Nicole, la mère des deux « sœurs Bolen » version bobo parisienne du vingt et unième siècle, encourageait ce rétablissement des choses, bien sûr. Charlotte revenait à la raison, au moins une ! Il était temps ! Et l'escapade de Stan, parenthèse incompréhensible, avait plus que duré et devait cesser au plus vite. Stanislas devait réintégrer son foyer. Point barre. Alors Nicole eut une idée : et si tout cela pouvait se régler là où cela avait commencé ? Au réveillon de Noël ?

Papick n'en était pas sûr du tout, mais Nicole lui demanda de ne pas faire acte d'ingérence. Heureuse de son idée, Nicole envoya un mail d'invitation à Stan pour le réveillon de Noël qui s'annonçait…

— Courage, fuyons ! cria Audrey, allons nager avec les dauphins, à l'autre bout du monde !

— J'en rêve, chérie, répondit Stan, mais…

Les choses n'étaient pas si simples. Hors de question que les jumelles passent un Noël sans parents ni grands-parents. La tradition ne s'écroulerait pas, elle ! Après avoir harcelé Stan durant trois matinées au téléphone, Nicole eut gain de cause. Stan viendrait… Mais avec Audrey à son bras. Nicole ne pouvait pas refuser, bien entendu, même si pour une fois, elle aurait préféré qu'Audrey ait programmé de s'enchaîner toute la nuit dans un abattoir Charal. Elle appela son aînée pour la prévenir. Stan et Audrey avaient l'intention de se pointer bras dessus, bras dessous, comme un petit couple. Charlotte s'y attendait, mais avala néanmoins sa biscotte de travers et toussa sur ses belles photos d'œuvres d'art.

Si Stan continuait à s'afficher sans vergogne avec Audrey, avec qui Charlotte allait-elle venir au réveillon ? Hors de question d'arriver toute seule comme une malheureuse, une désespérée désireuse de faire revenir son mari après un faux pas qu'elle n'avait même pas commis, en plus ! La lose intégrale. Pour Stan et Audrey, c'était Charlotte qui avait ouvert les hostilités et tous deux pensaient qu'elle vivait une belle aventure avec son Antoine. Quand c'est vrai, les incriminés nient. Là, c'était faux, mais Charlotte ne l'aurait pas avoué sous la torture. Pire que l'adultère : le ridicule, le râteau, le : « Euh, en fait, j'y ai cru un moment… Et puis au final, ben euh… Rien. »

Vivre un amour non réciproque était déjà en soi une torture, si en plus il fallait se mettre à le détailler et le commenter en famille…

Mais alors, que faire ? Que raconter pour justifier l'absence d'Antoine ? Qui pourrait-elle trouver pour rendre Stan fou de jalousie ? Pour impressionner Audrey ?

Elle évacua rapidement l'idée d'un bel escort-boy. Pas devant ses filles, pas dans une famille catholique, ou ce qu'il en restait, un soir de Noël. En plus, sur leur site, ces prostitués mâles annonçaient qu'ils doublaient leurs tarifs pour le réveillon. Six cents euros au lieu de trois cents. Ah, les petites putes !

Non, je ne suis pas désespérée à ce point-là, pensa Charlotte…

Elle eut beau retourner la situation dans tous les sens, la seule chose qui en avait un, c'était qu'Antoine vienne avec elle au réveillon familial.

Le lendemain, Charlotte se jeta à l'eau. Il fallait tout lui dire. Elle savait qu'Antoine, divorcé, bénéficiait de la garde alternée. En entendant le directeur commercial discuter à la machine à café, elle apprit que son patron aurait ses enfants la deuxième semaine de Noël, pour le premier de l'an. Ils étaient en famille avec leur mère pour le 24. Le bel allumeur n'avait peut-être rien de prévu ? Quoi qu'il en soit, elle y vit un signe des anges et inspira, expira profondément devant son ordinateur. Elle allait se fendre d'un beau mail, lancer son invitation, rester sincère.

From Charlotte @Antoine.

Antoine,

Il y a un an, mon mari est tombé par hasard sur un échange de mails chaleureux entre nous deux et en est arrivé à la conclusion très hâtive que nous avions une liaison. Pour me signifier sa désapprobation, il s'est mis à courtiser ma sœur à table, lui a offert un bracelet Cartier (qui m'était destiné, j'en suis sûre) et a fini par l'embrasser à pleine bouche devant toute la famille avant de s'enfuir avec elle. Il n'est pas revenu depuis. Ils n'habitent pas sous le même toit mais continuent à se voir et passent même certains week-ends dans des châteaux luxueux. Il se trouve que ma mère les a invités pour le réveillon cette année, car nos jumelles étant encore petites (treize ans), il est de bon ton qu'elles soient avec leurs parents et grands-parents pour Noël. Si la dulcinée de mon mari n'avait pas été ma sœur, elle n'aurait pas été invitée, mais là, en l'occurrence, on ne peut rien faire...

Cette année, j'ai refusé plusieurs invitations, dont le mariage d'une de mes cousines, sachant qu'ils y étaient, mais je ne peux échapper au réveillon de Noël, j'espère que tu comprends... C'est pourquoi je te demande humblement de m'accompagner, même si au final, il ne se passe rien entre nous. Si tu acceptes de jouer le jeu (mon chevalier servant), je

renonce à ma prime de fin d'année et te promets un chiffre d'affaires exceptionnel (comme celui de cette année, pour lequel je suis déjà pour beaucoup !).
Bien amicalement
Professionnellement comme toujours.
Charlotte

PS : Ma sœur est une végan intégriste, activiste-animaliste, multirécidiviste. (L'autre jour, mon père se demandait si elle n'était pas fichée S, pour te dire...) Donc, il n'y aura pas de chair animale chez ma mère qui se soumet à l'idéologie d'Audrey quand cette dernière vient dîner. Il vaut mieux, car elle a balancé un foie gras de chez Fauchon par la fenêtre il y a deux ans. Je préfère te prévenir. J'espère que tu aimes tout ce qui est boulgour, tofu, quinoa, lentilles, fèves, haricots, etc., elle ne bouffe que ça.

Dix-sept minutes plus tard, elle put lire :

From Antoine @Charlotte.
Voilà une proposition à laquelle je ne m'attendais pas. À vrai dire, j'ai dû lire trois fois ton mail. J'ai un réveillon-poker chez mon meilleur ami, le soir du 24. Mais je vais l'annuler. Tu garderas ta prime, quoi qu'il arrive. Je suis ravi de découvrir ta famille...

Oh my God ! C'est donc un oui, ça ? Par la suite, elle lui donna son adresse, lui demandant d'être en bas de chez elle à vingt heures. Il accepta. Charlotte se sentit surexcitée. Quoi qu'il arrive, elle devait être au maximum de sa beauté. Seraient là, autour d'une même table : un ex, peut-être (re)présent ou un autre peut-être futur. Charlotte ne savait plus trop, mais immédiatement lui vint à l'esprit : coupe/couleur/brushing et pourquoi pas un peu d'acide hyaluronique dans les rides du lion. Et une robe ! Une sublime robe à couper le souffle à tout le monde ! Cela dit, l'année dernière, Audrey s'était pointée ensanglantée avec un gilet jaune fluo sur lequel était écrit : « Stop Animal Holocauste » et ça ne l'avait pas empêchée de se tirer avec son mari à la fin du repas… Oui, mais elle, Charlotte, il valait mieux qu'elle mise sur beauté/douceur/séduction/glamour/princesse, etc.

***

Nicole papillonnait entre ses invités, embrassait de manière trop empressée Cerise et Augustine, riait un peu fort, finissait ses coupes de champagne un peu vite, recomptait les cadeaux au pied du sapin et semblait assez nerveuse. Cela n'échappait pas à Audrey, bien habillée cette fois, ni à Stan. Les invités étaient les mêmes que l'an passé. Nicole avait invité sa sœur Martine et Yves, son compagnon, un dépressif-trop-angoissé qui cherchait souvent à mélanger, à l'abri des regards, ses bêtabloquants avec du chablis, ce qui le mettait sur un petit nuage. Évidemment, personne ne l'évoquait mais tout le monde attendait l'arrivée de Charlotte, et surtout du fameux Antoine, dont tout le monde avait tellement entendu parler mais que personne n'avait jamais vu. Le couple-attraction de la soirée se faisait désirer.

Nicole rejoignit son mari dans la cuisine. Papick, qui arborait un beau collier de barbe blanche cette année, étalait sur du pain grillé un faux fromage à base de tofu.

— Ce n'est pas une bonne idée, j'en suis persuadée ! murmura-t-elle.

— Quoi donc ? demanda Patrick.

— Bah d'arriver avec un gars quand on veut récupérer son mari !

— Arrête ! On en a déjà parlé ! Charlotte a dit que si elle venait seule, ça faisait pauvresse, les mains jointes en demande !

— Pfff !

— Alors, Nicole ? Vous ne nous faites pas votre beau discours de fin d'année, ce soir ? questionna Stan en entrant dans la cuisine et en déboutonnant son col de chemise trop serrée.

— Si, si, mais j'attends votre femme, mon cher gendre.

— Mon ex-femme !

— Non, votre femme. Et pourquoi êtes-vous débraillé comme en fin de soirée ? On n'a pas commencé…

— J'ai chaud ! Je peux me déboutonner quand même ! Un petit bisou, belle-maman ? quémanda Stan en passant à côté d'elle.

— Non !

Nicole s'empara du plateau de petits grillés au (faux) fromage à proposer aux invités quand subitement l'interphone sonna. Nicole cria et lâcha le plateau, les toasts se répandirent au sol.

— Merdum ! Je m'y ferai jamais à cet interphone, s'excusa Nicole. Bon, continuez à faire des petits toasts, on a du houmous de toute façon, dit-elle en direction de Patrick qui ramassait ses petits grillés au sol, aidé par Stan.

Elle se dirigea dans le couloir et tout le monde l'entendit hurler : « Cinquième étage » comme si sa fille aînée ne le savait pas…

L'entrée d'Antoine et de Charlotte évoqua à tous la montée des marches au festival de Cannes. Charlotte, que tout le monde s'attendait à voir avec une longue natte et des lunettes puisqu'elle n'avait pas changé de look depuis la quatrième, arborait de longs cheveux lissés, dégradés dans tous les tons caramel, de l'auburn au blond. *Son coiffeur-coloriste a dû y passer la journée*, songea Audrey, stupéfaite. On aurait dit Jennifer Aniston à la fin de *Friends*. Elle n'avait plus de lunettes mais une longue robe rouge, décolletée dans le dos qui mettait en valeur une taille de guêpe grâce à toutes les calories perdues depuis douze mois à courir derrière…

Antoine, quant à lui, était en smoking. Carrément ! Ses cheveux noirs coiffés en arrière faisaient ressortir un regard vert clair assez rieur, et un sourire craquant.

Tous les invités les saluèrent chaleureusement, Nicole s'excusant presque qu'Antoine soit si élégant :

— C'est juste un dîner familial, vous savez, mais merci infiniment… mais fallait pas ! s'exclama-t-elle en riant nerveusement, tandis qu'elle serrait la main du nouveau venu.

— En plus, il n'y a ni huîtres, ni viande, ni fromage, l'informa à son tour Patrick en le saluant.

En apercevant les yeux écarquillés de Stan et d'Audrey, Charlotte jubila. Elle nota son entrée et lui adjugea un 18 sur 20. Les jumelles se précipitèrent dans les bras de leur mère en hurlant :

— T'es trop belle ! Mais qu'est-ce que t'as fait à tes cheveux ?

Sa tante Martine vint l'embrasser en la complimentant, et puis Yves, son compagnon, ne put s'empêcher de lancer :

— Et dire que je me rappelais à peine de vous, l'an passé ! Là, c'est *waouh* !

Martine lui balança un coup de coude pour qu'il arrête. Stan et Audrey saluèrent le couple *a minima* et sans aucune effusion, contrairement aux autres.

Néanmoins, tout le monde observa avec attention la poignée de main Stan/Antoine.

Bien sûr, Nicole prit place dans le salon et se lança dans son petit discours annuel :

— Ce soir, je voudrais féliciter mes petites filles Cerise et Augustine qui ont eu le tableau d'honneur au premier trimestre, cette année, alors qu'elles vivent un moment particulièrement douloureux puisque leur Papa, qu'elles aiment tant, les a abandonnées…

— Ça y est, c'est parti, murmura Audrey.

— Oui, alors euh… Il n'est pas loin, leur Papa, coupa Stan. Il est même là, dit-il en levant la main.

Rire dans le salon.

— Ça va, Nicole, arrêtez avec ça ! enchaîna Stan. S'il vous plaît ! Mes filles vont très bien, je les vois, on s'adore, on fait les devoirs ensemble et on est parfaitement organisés ! Tout va bien, merci !

Nicole fut stupéfaite que son gendre, qui l'avait mis en veilleuse depuis tant d'années, ose l'ouvrir et lui répondre devant toute la famille.

Famille qui semblait approuver Stanislas en plus ! Bravo !

— Bien ! Puisque tout est parfait, passons à table, dit-elle sèchement.

Elle n'en revenait pas de l'attitude de Stan. Elle avait voulu mettre Charlotte en valeur et la vit au fond du salon en train de rire et de taper délicatement sa coupe de champ' contre celle d'Antoine. *OK, tout ça pour rien*, pensa Nicole, déconfite.

La table était très belle et joliment décorée de petites guirlandes, de rennes, de boules rouges, etc. Avec un invité en plus, ils étaient un peu plus serrés que l'année précédente. Les invités découvraient leurs places : Audrey et Stan face à Charlotte et Antoine. Martine et Yves face à Nicole et Patrick. Les jumelles en bout de table. Stanislas racla un peu sa chaise, tandis qu'Audrey venait de susurrer à son oreille :

— Je ne le pensais pas si beau, le fameux Antoine, il est classe, non ?

Stan resta de marbre. Entre sa belle-mère qui tentait tout pour le culpabiliser et le nouveau mec de sa femme super classe… *Oui, une vraie partie de plaisir*, pensa-t-il.

— Tu trouves ? répondit Stan en s'asseyant. C'est le smoke qui fait ça ?

— Avoue que tu ne le voyais pas comme ça, lança Audrey en prenant place à ses côtés.

— Je ne le voyais pas du tout, à vrai dire…

— Vous avez trouvé facilement une place pour vous garer ? demanda Papick à Antoine.

— Oh oui, on est juste en bas, répondit-il en dépliant sa serviette.

— On a prié saint Expedit, sourit Charlotte. Le saint des affaires pressées, des causes urgentes et du…

— Parking ? coupa Stan.

— Saint Expedit était connu comme le viatique des voyageurs, affirma sèchement Charlotte. En tout cas, ça marche…

— Tant mieux, dit Stan, comme vous étiez déjà bien en retard, si en plus vous aviez tourné une plombe ! Vous avez quoi comme bagnole, Antoine ?

— Une Aston Martin…

— Ah oui, d'accord, je vois le genre, commenta Stan.

— Et vous ?

— Oh, quelque chose de beaucoup moins prétentieux mais qui roule. J'en suis content.

Oh non, le combat de la testostérone est lancé, songea Audrey.

— Qui veut une belle salade aux noix, pommes et grenade ? s'écria Nicole en apportant un énorme saladier.

— Elle est magnifique, applaudit Audrey. Tout ce que j'aime.

— J'avais peur qu'il y ait à nouveau les petits fourrés aux algues de l'année dernière..., gémit Yves.

— Non, non, dit Nicole.

— Tant mieux, j'ai fait une crise d'angoisse ce matin, rien qu'en y repensant...

Subitement, Augustine et Cerise se levèrent et se mirent à distribuer une petite feuille et un stylo à chacun.

— On doit faire un jeu, expliqua Augustine. Ça s'appelle le jeu du bilan, chacun doit dire ce qu'il a aimé cette année, mais il doit aussi ajouter ce qu'il aimerait changer ou avoir pour l'année qui vient. Après, on ramasse les petits mots et on doit trouver qui les a écrits...

— Qu'est-ce que c'est que ça ? interrogea Stan. C'est vos profs qui vous ont demandé de faire ça ?

— Mais non...

— Surtout que ça me paraît un peu intime, comme jeu, dit Martine, la serviette devant sa bouche, effaçant une grimace. Je ne suis pas fan de la grenade, c'est quand même vachement amer...

— Vous pouvez écrire ce que vous voulez, pas forcément des trucs privés, expliqua Cerise. Allez-y, trois, quatre lignes chacun et on ramasse dans deux minutes !

— Punaise, se plaignit Yves en passant une main sur son crâne chauve, dire que je commençais juste à me détendre.

Il s'empara du stylo et poussa un peu son assiette. Tout le monde se mit à écrire. Deux minutes plus tard, les jumelles récoltaient les petits bouts de papier pliés. Elles les mélangèrent dans le bol qui avait hébergé les amandes et noix de cajou.

— Alors, j'en prends un, déclara Cerise.

Elle lut à voix haute :

« Cette année, j'ai aimé qu'on change de président, l'ancien me sortait par les trous de nez. J'ai aimé les week-ends en Bretagne avec mon compagnon et tous les sites que l'on a visités, l'année prochaine j'aimerais découvrir la ville de Florence où je ne suis pas encore allée. »

— Euh, la Bretagne, je dirais… Martine.

— Bravo ! s'exclama cette dernière.

— J'en prends un autre, annonça Augustine en plongeant sa main dans le bol.

« J'adore ma famille, mais pour elle, cette année fut celle du chaos. J'espère que tout va rentrer dans l'ordre, que chacun va retrouver la raison et réintégrer son domicile conjugal pour reprendre une vie normale. »

— Euh, réfléchit Cerise, ça, c'est Mamie, c'est sûr…

— Effectivement, avoua Nicole.

— C'est quoi, une vie normale ? demanda Audrey.

— Alors, j'en prends un autre, enchaîna Cerise.

« Cette année, j'ai adoré ma nouvelle vie, mon nouvel appartement et être passé associé dans mon cabinet, j'espère une seule chose : continuer comme ça le plus longtemps possible. »

— Ça, c'est Papa !

— Vrai, dit Stan.

— Je crois que vous avez votre réponse, Nicole, dit Antoine.

Nicole eut un regard à geler l'enfer pour Stan.

Cerise déplia un autre petit papier :

« Bizarrement cette année fut moins pourrie que prévu, c'est pourquoi, comme disait Cioran : "Ne nous suicidons pas tout de suite. Il y a encore quelqu'un à décevoir." »

Toute une partie de la table éclata de rire.

— Sympa, dit Martine en se tournant vers son compagnon.

— Je suis content que vous ayez reconnu mon style, approuva Yves.

Il se pencha néanmoins vers Martine pour y déposer un baiser sur sa joue.

— « Cette année, je remercie le ciel pour ma bonne santé et mon absence de quadruple pontages, contrairement à tous mes copains en ce moment. Je souhaite que cela continue l'an prochain et encore très longtemps », lut à son tour Augustine. Euh… ça, je pense que c'est… Papick ?

— Exact ! confirma ce dernier. Rien n'est plus important que la santé.

— C'est fou, ça. Tu ne penses vraiment qu'à toi, il n'y a rien à faire ! balança Nicole.

— Mais non, mais pas du tout…

— T'es qu'un égoïste !

— « Cette année fut assez belle sur un plan personnel mais pas du tout sur un plan militant, je souhaite que la cause animale soit enfin prise au sérieux et que la violence faite aux femmes soit reconnue : Grande cause nationale. Il serait temps ! », lut Augustine.

— Audrey ! s'écria toute la tablée.

— On ne peut rien vous cacher, fit l'intéressée.

Cerise s'empara de l'avant-dernier papier qu'il restait.

— « Cette année, j'ai monté un beau dossier de divorce contre mon mari, ça n'a pas été trop dur, vu qu'il inonde Internet de photos où il se pavane en bonne compagnie. Mais la bonne nouvelle, c'est qu'aussitôt divorcée, je me remarie avec Antoine ici présent qui m'a fait sa demande. »

Toutes les têtes se tournèrent vers Charlotte qui se coupait une belle part de brioche aux champignons et truffe.

— Eh oui, lâcha-t-elle, en la posant dans son assiette, jubilant de l'effet de son annonce.

Tout le monde s'arrêta pour l'observer et scruter Antoine, sauf Stan qui venait d'avaler de travers son vin blanc et d'entamer une belle quinte de toux…

— Et… donc, voilà…, dit le fiancé pris de court, le rose aux joues. Si tout se passe bien, donc… voilà !

— Antoine est lui-même divorcé et a deux fils, annonça Charlotte.

— On va avoir comme des frères, alors ? demanda Augustine.

— Et… donc, voilà, dit Antoine.

— Ils ne sont pas trop cons ? demanda Cerise.

— Non, non, ça va. Ils sont cool, répondit Antoine. Et ils ont votre âge, à peu près.

Audrey resta les yeux écarquillés de longues secondes sans savoir quoi dire…

— Elle bluffe, chuchota Nicole à Papick pendant ce temps-là. Tout ça pour énerver l'autre. Remarque, ça lui fait les pieds, il le mérite, avec son insolence. T'as vu sur quel ton il me parle, maintenant ? Et toi, tu ne dis rien évidemment, c'est vrai que tu penses qu'à toi…

— Quoi ?

— Non, rien, excuse-moi. Dès qu'on parle d'autre chose que de toi… Il n'y a plus personne.

— M'enfin Nicole, t'arrêtes, oui ? s'agaça Patrick.

— Et le dernier mot ? s'enquit Stan. C'est celui d'Antoine, donc.

— Ah oui, dit Cerise, en le dépliant : « Cette année, je suis ravi des bons résultats de ma société, en grande partie grâce à Charlotte à qui je prévois un avenir radieux à mes côtés, pour l'année qui vient et les suivantes… »

Martine et Yves se mirent à applaudir, suivis de toute la tablée, à l'exception de Nicole, droite et figée, et de Stan, avachi contre le dossier de sa chaise et qui faisait tournoyer son verre.

— T'as vraiment écrit ça ? chuchota Charlotte à son voisin.

— J'avais prévu de te faire passer directrice de marketing, répondit Antoine sans se départir de son sourire figé.

— Donc si tu deviens notre beau-père, tu nous as apporté des cadeaux ? demanda Cerise.

— Euh, je vais… ! s'exclama Antoine. J'attendais de mieux vous connaître pour les choisir. Mais j'en ai un pour votre maman.

Il sortit de sa poche un petit paquet serré d'un ruban blanc et le posa devant Charlotte. Un bracelet Cartier.

— Comme tu m'as dit que ta sœur en avait eu un au Noël dernier, je t'en offre un pour cette année… Ça m'a donné l'idée, je ne savais pas quoi prendre d'autre, murmura-t-il à son oreille en lui mettant autour du poignet.

Très émue, Charlotte le remercia en déposant un léger baiser sur sa bouche. Ainsi leur premier baiser eut-il lieu en famille.

— Il y a de la bûche ! cria Nicole.

Les filles se précipitèrent pour aller ouvrir leurs cadeaux, puisque Antoine venait de lancer le top départ. Pendant que les uns et les autres découvraient leurs présents, Audrey s'approcha de Charlotte.

— On va se reparler cette année, j'espère, commença Audrey.

— J'espère aussi.

— Tu m'as manqué…

— Toi aussi.

Les deux sœurs s'enlacèrent longuement, puis, séchant leurs larmes, elles comparèrent leurs bracelets, Audrey portant toujours celui de Stan au poignet. Ils n'étaient pas identiques, mais se ressemblaient.

Pendant ce temps-là, dans la cuisine, Nicole tournait autour de son mari qui sortait les assiettes à dessert.

— Je ne comprends pas, elle m'avait dit qu'elle songeait à se remettre avec Stan. En réalité, elle n'est venue que pour l'humilier…

— Avec ce qu'elle a pris l'année dernière, répondit Patrick. Je trouve qu'elle se venge drôlement bien, notre grande fille. Elle doit tenir ça de toi. Et puis, je le trouve très bien, son gars.

— C'est vrai qu'il offre de beaux bijoux, contrairement à certains…

— Ah ça y est, tu n'aimes pas mon cadeau ?

— Si. *Les 1 001 remèdes de grand-mère*, qui n'a pas rêvé d'avoir ce gros livre chez soi ?

Une heure plus tard, les convives prenaient congé. Les jumelles restant dormir chez leurs grands-parents, Audrey repartit avec Stan qui lança un « Félicitations » très sec au couple vedette de la soirée.

Une fois seule dans la voiture avec Antoine, Charlotte soupira et éclata de rire :

— Je te remercie d'avoir joué le jeu… vraiment ! C'était génial !

— Le coup du mariage, je ne m'y attendais pas. Tu n'y es pas allée de main morte, déclara Antoine, les sourcils relevés, tandis qu'il démarrait.

— J'avais juste envie de leur en mettre plein la vue et c'est fait ! Merci pour ton aide précieuse.

— Toute ta famille croit que tu vas te marier, maintenant...

— Le temps que le divorce soit prononcé, ça va prendre de longs, longs mois... Je pourrais toujours leur dire qu'on s'est engueulés, que j'ai découvert que tu mettais des chaussettes avec des tongs, l'été, n'importe quoi... L'important, c'était CE réveillon. Je ne peux pas passer ma vie à me faire humilier ! Et avec toi, en dehors de ce soir, je n'ai pas que des souvenirs brillants non plus...

— Hein ?

— Oui, oh ! La fois où je t'ai dit que je t'aimais, tu m'as dit merci et tu m'as envoyée à Charleville...

— Oui, je peux expliquer ça. À l'époque, j'avais une copine. Il se trouve qu'elle est passée me voir au bureau, ce soir-là. On avait commencé à se chauffer un peu et pour te la faire simple, elle était en petite tenue quand tu as fait irruption dans mon bureau et elle a juste eu le temps de se cacher dessous...

— Il y avait une fille à moitié à poil sous ton bureau quand je t'ai fait ma déclaration ?

— Oui, mais j'en étais malade parce que tu me plaisais beaucoup aussi... Par la suite, j'ai vu que tu me faisais la tête et je n'ai rien osé te dire non plus...

— Magnifique ! Et t'es toujours avec elle ?

— Non, c'est fini depuis un mois… Bon, mais vu qu'on a commencé par la fin tous les deux, par le mariage et la présentation à la famille, est-ce que tu accepterais de dîner avec moi, demain soir ?

La voiture ralentit. Ils approchaient de l'immeuble de Charlotte.

— Et d'ailleurs, poursuivit Antoine, comme on met les débuts à la fin et inversement, puis-je te dire que je te trouve très belle ce soir ?

— Comme on fait tout dans le désordre, est-ce qu'on pourrait pas coucher ensemble ce soir et dîner demain ? Je n'ai jamais eu autant de désir pour quelqu'un que ce soir…

Antoine arrêta la voiture et l'embrassa fougueusement.

LE RÉVEILLON ÉTAIT PRESQUE PARFAIT

*

Tonie Behar

Je l'avais pourtant prévenu à plus de vingt reprises, mais chaque fois que mon père s'approchait de la fenêtre, il se cognait à la poutre et criait « aouch ! » sur un ton qui traduisait à la fois l'incompréhension et un profond sentiment d'injustice. Pour la vingtième fois, il m'a demandé comment je pouvais habiter un endroit pareil. Pour la vingtième fois, je lui ai montré la vue que m'offrait le salon, la mer de toits de zinc qui s'étalait à perte de vue, la masse blanche du Sacré-Cœur étincelant dans la nuit glacée comme un palais de sucre.

— OK ! OK ! m'a-t-il répondu, l'air de moins en moins convaincu.

Pour sa grande carcasse new-yorkaise, vivre sous les combles dans un appartement datant de près de deux siècles était un concept absolument incongru.

Ils avaient tous débarqués deux jours plus tôt, ma mère, mon père, mon frère aîné Kani, ma sœur cadette Kim, pour passer Noël avec moi à Paris. J'étais allée les accueillir à Roissy et m'étais jetée dans leurs bras avec un soulagement sans borne. Le souvenir de mon précédent réveillon de Noël me fait encore dresser les cheveux sur la tête.

Ma mère s'est approchée de mon père, lui a doucement frotté le front et, se hissant sur la pointe des pieds, a déposé un baiser léger sur la petite bosse provoquée par la rencontre répétée de sa tête avec la poutre traîtresse. Les bracelets de ma mère ont cliqueté. Mon père a fermé les yeux pour savourer la caresse, comme un gros chat prêt à ronronner, puis il lui a attrapé la main au vol et a baisé ses doigts fins recouverts de bagues. Elle en porte à chaque doigt, des bijoux baroques qui lui donnent une allure folle.

— Cet appartement est parfait, Luke, et Nina en a fait un vrai chalet de Noël.

J'ai souri à ma mère, complice et assez fière de moi, car j'avoue, je m'étais surpassée pour leur offrir un home sweet home de Christmas digne de ce nom.

Cinq chaussettes de feutrine rouge remplies à craquer de petits cadeaux étaient accrochées sur le miroir au-dessus de la cheminée où flambait un bon feu. Mon sapin s'étirait jusqu'au plafond et ses branches étaient habillées d'une dentelle lumineuse formée de plusieurs guirlandes savamment entremêlées. Des bougies d'ambiance avec leurs flammes dansantes dans leurs photophores dorés parfumaient la pièce de senteurs épicées et sur mon canapé trônaient mes fameux coussins brodés « Keep calm and love Christmas ». Mon père s'y est posé précautionneusement, a étendu ses (très) longues jambes sur la table basse et s'est servi un whisky on the rocks avec un soupir de bien-être.

Ma petite sœur Kimia, que tout le monde appelle Kim, s'était accaparée ma chambre. Étendue de tout son long sur ma couette, ses différents appareils électroniques autour d'elle et ses lunettes sur le nez, elle pianotait fiévreusement sur le clavier de son ordinateur. Comme tous les membres de la famille, elle a le boulot chevillé au corps, mais je crois qu'elle a développé une hypertrophie du chromosome « acharnement ». Kim travaille dans la finance, chez l'un des plus grands courtiers de New York et elle n'arrête jamais. Même à moi, elle me fait peur. « L'argent ne dort pas, lui », est sa phrase préférée, arguant qu'il y a toujours un endroit dans le monde où le soleil est levé et les cours de la Bourse activés. Nos parents nous ont élevés dans l'esprit que nous devons être les meilleurs, voire un cran au-dessus des meilleurs, car en qualité de Noirs et d'émigrés, nous savons que les autres ne se pousseront jamais pour nous faire de la place. Donc, la place, il faut qu'on la prenne, au prix d'un travail acharné. C'est ainsi que mon père, doté à la naissance du chromosome « la science c'est facile », a quitté le Congo à vingt-cinq ans pour un laboratoire de recherche français où on lui a tellement mis des bâtons dans les roues qu'il a finalement décidé de s'installer à New York. Là, on ne demande aux scientifiques rien d'autre que des résultats et il a enfin pu exprimer la pleine mesure de son talent. Il est aujourd'hui un des chercheurs les plus reconnus dans le domaine de la physique des plasmas.

— Nina ! Tu as reçu un texto ! a hurlé Kim à travers l'appartement.

Je me trouvais dans la cuisine avec mon frère et ma mère pour préparer le risotto à la truffe demandé par Kani (ou plutôt : il m'avait appelée tous les jours pour *exiger* un risotto à la truffe), or c'est un plat qui requiert de rester devant sa casserole et de touiller sans s'arrêter tout en versant du bouillon louche par louche. Je tournais, ma mère et mon frère sirotaient un verre de vin blanc (mon frère me surveillant d'un œil) et nous discutions à bâtons rompus de l'un de nos sujets préférés, à savoir notre aversion sans fond pour le nouveau président des États-Unis.

— Qui est-ce ? ai-je demandé.

— Un certain Ange Paoli.

— Je lui répondrai plus tard ! ai-je crié à ma sœur.

— C'est ton fameux Christmas Angel ? a demandé ma mère avec curiosité

— Lui-même.

— Il est à Paris ?

— J'espère pour lui qu'il se trouve en Corse !

J'ai ajouté une louche de bouillon dans la casserole sans pouvoir m'empêcher de sourire. Je n'y peux rien, je souris toujours quand je pense à Ange, à ses yeux verts, son sourire clair, ses textos à l'humour ravageur et… oh ! ai-je déjà mentionné son torse très musclé ?

— Attention ! Ton risotto est en train d'accrocher !

Mon frère a versé une louche de bouillon et m'a pris la cuillère en bois des mains pour décoller vigoureusement les précieux grains de riz du fond de la casserole. Kani est végétarien, gourmet, légèrement maniaque, et surtout il adore les truffes. Autant dire que pour lui, la réussite du plat principal de notre dîner de Noël était primordiale.

— Laisse, je m'en occupe ! a-t-il lancé en se postant devant la casserole.

— C'est bon, pas la peine de t'énerver !

— Je crois que Kane a vraiment *besoin* de se positionner sur le risotto, occupons-nous du saumon et des blinis, a suggéré ma mère en employant diplomatiquement le surnom que mon frère adorait.

— C'est déjà prêt. J'ai aussi préparé la salade ! ai-je grommelé d'un ton boudeur. Et regarde, je t'ai acheté du gouda à la truffe chez mon fromager !

— Yummi ! Merci, petite sœur.

Kani m'a gratifiée d'un de ses câlins géants qui me consolaient de tout quand j'étais petite. Pendant longtemps, j'ai considéré mon frère comme un des mecs les plus cool de la Création et rien ne pouvait affaiblir mon admiration pour lui. Quand il est devenu médecin après un siècle et demi d'études, je suis tombée malade pour être sa première patiente. Enfin, c'est ce que dit Kim : je me suis fabriqué une angine pour que mon frère puisse la guérir.

Kane a râpé chirurgicalement la truffe au-dessus du plat de risotto fumant.

— À table !

Je dois dire qu'une fois de plus, la soirée s'est déroulée aussi délicieusement que je l'avais imaginée – et préparée. Nous avons bu du champagne et dégusté une bûche de chez Michalak, et rien que pour la chantilly au chocolat, cela valait la peine d'avoir traversé tout Paris. C'est le moment qu'ont choisi mes parents pour évoquer mon retour à New York. Mon contrat arrive bientôt à son terme et je dois prendre une décision. Soit je reste à Paris pour de bon, soit je rentre aux États-Unis retrouver la place qui m'attend au sein du cabinet d'avocats Bernstein McGregor & Santos. Inutile de dire que ma famille milite lourdement pour mon retour au bercail. Quant à moi, j'hésite. Il est vrai que je préfère la France d'Emmanuel Macron à l'Amérique de Donald Trump, mais New York restera toujours New York et j'ai l'impression que c'est là mon véritable home sweet home…

À minuit, nous nous sommes échangé nos cadeaux. Mes parents m'ont offert une paire de chaussures de chez Bergdof, mon frère mon parfum préféré et ma sœur le coffret DVD des comédies romantiques de Nora Ephron. J'ai dévoilé les cadeaux typiquement parisiens que j'avais recherchés toute l'année pour chacun d'eux. Nous étions tous affalés les uns contre les autres au fond du canapé, face au feu et, entourée des quatre personnes que j'aime le plus au monde, je me disais que ce réveillon était parfait… enfin presque parfait ! Car je me suis soudain rappelée le texto d'Ange auquel je n'avais pas répondu et me suis précipitée dans ma chambre. Mon écran affichait une photo de lui coiffé du bonnet rouge et blanc de Santa Klaus, accompagné d'un message :

Joyeux Noël !
Ton marchand de neige préféré

Ce clin d'œil à notre rencontre, pile un an plus tôt, m'a fait sourire. Je me suis allongée sur mon lit pour textoter tranquillement.

Merry Christmas ! J'espère qu'il n'y aura pas trop de neige à Noël pour toi cette année !

Il n'a pas répondu dans les dix secondes comme à son habitude, alors j'ai photographié la manucure spéciale que je m'étais fait faire quelques jours plus tôt : des ongles couleur bleu glacier ornés d'un flocon central. J'étais sûre de le faire réagir parce qu'il adore me taquiner sur ma manie du nail art, c'est même devenu une blague récurrente entre nous, mais il ne m'a pas balancé une de ses vannes caustiques dont il a le secret. Apparemment, il n'était pas prêt pour une de nos joutes SMS. Agacée, j'ai posté une photo de l'ongle de mon majeur bien tendu pour qu'il comprenne combien je goûtais peu ce silence inhabituel, mais même cette provocation n'a pas eu d'effet. Prise d'un mauvais pressentiment, j'ai appelé son numéro. Le « allô » que j'ai entendu au bout du fil n'était pas le sien.

— Qui est à l'appareil ? Je veux parler à Ange Paoli.

— Agent Lefebvre, commissariat du VIIIe arrondissement. M. Paoli a été interpellé dans la soirée. Il est actuellement interrogé.

— Je suis son avocate. Dites-lui de ne pas s'inquiéter, j'arrive !

D'un seul coup, j'étais très calme. J'ai rapidement enfilé une doudoune, mon écharpe et mes gants, attrapé mes clés de voiture, glissé mon téléphone dans mon sac. J'ai composé les codes pour appeler l'ascenseur et j'ai prévenu mes parents que je devais m'absenter pour une urgence professionnelle.

— Si jamais il y a un souci, une coupure d'électricité ou une panne d'ascenseur, la clé de la porte de service est dans le premier tiroir de la cuisine à droite ! Je suis joignable sur mon portable.

— Que se passe-t-il ? a demandé mon père.

— Mon ange de Noël est dans la merde.

Tout en conduisant, j'ai fait le bilan de la situation. Ange avait rempilé, j'en étais sûre et certaine. Malgré mes conseils, il avait dû accepter de rendre service à son oncle et faire la tournée des livraisons de cocaïne du soir du réveillon. Et il s'était fait arrêter. Une goutte de sueur glacée a dégouliné le long de ma nuque. Arrestation pour trafic de drogue, il allait prendre cher. Tout dépendait de la quantité de C qu'on avait trouvée sur lui. Pourrais-je faire passer ça pour de la consommation personnelle ? Au-delà de trois grammes, il était cuit. Surtout si les flics faisaient le lien avec son oncle. S'appeler Paoli et avoir de la coke sur soi… mauvais combo. J'ai senti mes paumes devenir moites sur le volant. Tous les services de police savaient que le milieu corse avait la main sur le trafic de cocaïne et les cercles de jeu. Pour ne rien arranger, la neige s'était mise à tomber. Les flocons tourbillonnaient devant mon pare-brise, je n'y voyais pas à deux mètres. J'ai activé mes essuie-glaces et me suis arrêtée avec soulagement au feu rouge. J'ai fermé les yeux. La neige virevoltante me renvoyait à ce même soir de Noël, un an plus tôt. Ange et moi nous étions embrassés sur le toit de mon immeuble, puis nous avions fait l'amour devant le feu, à la lumière des bougies. Pour m'être repassé le film des dizaines de fois, je savais que cela avait été la nuit la plus parfaite de toute mon existence… Même si notre histoire s'était arrêtée net au petit matin.

Je n'avais finalement pas pris l'avion un an plus tôt. À la dernière minute, l'idée de m'envoler vers une destination inconnue, vers une famille inconnue, avec un quasi inconnu m'avait fait paniquer. J'aime planifier mes déplacements. Ange s'était efforcé de me faire apprécier l'imprévu, mais j'avais déjà largement eu ma dose. Je nous avais donc offert un magnifique baiser d'adieu avant de décliner poliment sa proposition. Dire qu'il avait bien pris la chose serait excessif. Il m'avait mitraillée du regard en levant bien haut le majeur de sa main droite, pendant que les portes de l'ascenseur se refermaient sur lui. Il ne m'avait plus donné signe de vie.

Deux jours plus tard, je m'envolais pour New York afin d'échapper au Nouvel An sinistre qui m'attendait : passer la soirée chez moi en tête-à-tête avec une bouteille de vodka en pensant aux différentes manières de trucider Henri le traître. J'en avais profité pour savourer les derniers jours de mon héros Barak Obama à la présidence. Le 20 janvier, Donald Trump devenait officiellement le 45e président des États-Unis, et dans la foulée, je décidais de prolonger mon contrat parisien d'un an – même si cela impliquait de croiser mon ex tous les jours.

Finalement, je n'avais pas tué Henri. Je me contentais de le fusiller de mes yeux revolver chaque fois que je le croisais dans les couloirs du cabinet et il me dévisageait avec un regard de cocker attendant que je lui donne un sucre. Nous en étions là de nos échanges oculaires quand un soir, une vraie blonde, avec un nez pointu d'aristo, était venue le chercher au bureau. Il était reparti en lui tenant la main, la colonne vertébrale étirée au maximum et le menton tellement levé qu'il avait gagné quinze centimètres. Cela m'a-t-il blessée ? Pas vraiment. Je veux dire, qui peut supporter ça sans broncher à part une vache sacrée de Birmanie ? Sans doute pour regonfler une *self esteem* aussi à plat qu'un pneu crevé, je suis sortie quelque temps avec un dénommé Arthur qui se prétendait graffeur alors qu'il était plutôt graphiste. Et puis, un soir d'avril, j'ai envoyé un texto à Ange Paoli.

Cela faisait longtemps que cela me démangeait. Chaque fois que je pensais à lui, je me sentais mal à l'aise. Il avait été exemplaire jusqu'au bout alors que j'avais repris une parole donnée, ce qui ne me ressemblait pas. Tout à coup, il m'avait paru très important de m'excuser. Je me souviens que j'étais allongée sur mon lit, en train d'étudier le dossier du client avec lequel j'avais rendez-vous le lendemain matin, quand ma main avait saisi mon smartphone et mes pouces commencé à taper un long message d'excuses dans lequel je lui expliquais la panique qui m'avait saisie face à cette décision irréfléchie et combien l'idée de devoir faire ma valise en cinq minutes sans savoir exactement ce que je devais emporter m'avait tétanisée ; sans compter que mon tee-shirt préféré n'était pas repassé, que je ne savais plus où étaient rangées mes lunettes de soleil, que je n'avais pas le temps d'enlever mon vernis à ongles alors que porter des flocons de neige en Corse était d'un ridicule achevé. Après un moment d'hésitation, j'avais finalement ajouté que je ne savais pas l'accueil que m'aurait réservé sa famille et que je n'étais pas prête à affronter la moindre once d'hostilité le jour de Noël… même si je ne doutais pas qu'ils étaient des gens charmants, mais sait-on jamais ce qu'il peut se passer dans la vie.

J'avais soigneusement relu mon message, corrigé les fautes, modifié une formule ou deux, puis je l'avais envoyé, la conscience enfin tranquille. Au moins les yeux Kalachnikov et le doigt d'honneur d'Ange avaient reçu une explication.

Ange avait répondu dans les dix secondes en me demandant de ne pas insulter sa famille, car les Corses ont un sens aigu de l'hospitalité. Il m'avait assuré que j'aurais été reçue comme une reine si je ne m'étais pas pris la tête sur des trucs aussi absurdes que mon vernis ou mon tee-shirt. Il avait bien compris que je m'étais dégonflée et me remerciait d'avoir pris la peine, QUATRE MOIS plus tard, de m'en excuser.

J'avais alors éteint la lumière et m'étais roulée en boule sous ma couette, furieuse contre cet abruti qui ne comprenait rien à ma délicatesse de caractère. À ma grande surprise, le « dong » d'un nouveau texto avait retenti dans le noir quelques minutes plus tard. J'avais récupéré mon téléphone à tâtons sur la table de nuit. Ange ajoutait que j'avais raté le meilleur déjeuner de Noël de toute mon existence. Il faisait tellement beau qu'ils avaient mangé dehors, en *tee-shirt* et *lunettes de soleil*, précisait-il, le tout accompagné d'une ligne de smiley soleil. J'avais répondu par un smiley qui rit aux larmes et m'étais endormie, un smiley aux lèvres.

Depuis, avec Ange, nous échangeons régulièrement des textos. Au début, on s'en envoyait un de temps en temps, et puis le rythme s'est accéléré, et depuis la rentrée, nos échanges sont quasi quotidiens. On discute surtout le soir. C'est mon moment de détente après une longue journée de boulot. J'aime nos conversations SMS, car Ange s'y révèle beaucoup plus sensible et profond que son allure de play-boy des plages ne le laisse supposer. Il évoque rarement son métier, si ce n'est pour m'envoyer des photos de lui bronzé, en tee-shirt ou même torse nu, sur des bateaux de toutes sortes, comme s'il était en vacances perpétuelles, ce qui, pour une accro au boulot comme moi, est assez troublant. Il me décrit les beautés de son île. Selon lui, il n'existe rien de plus merveilleux que la baie de Porto-Vecchio au petit matin, il paraît que la mer est rose pâle comme une soie sauvage. Il me parle des torrents de montagne, des parfums du maquis, de la vieille maison familiale en pierres sèches (une ancienne bergerie), des courses de bolides marins sur la mer étincelante, et aussi des réunions de famille dans un petit village où, étrangement, on ne voit que des berlines Mercedes classe S noires alignées sous le soleil. Il a suggéré plusieurs fois de nous revoir, mais je n'ai jamais vraiment répondu.

Il est évident qu'Ange et moi n'avons aucun avenir ensemble, lui sur son île, moi en ville, lui sur ses bateaux, moi dans mes bureaux, or je ne peux m'empêcher d'être troublée par son humour, son charme, son détachement, et cette façon très amusante de perdre les pédales quand les choses ne se passent pas comme il le voudrait.

Le feu est passé au vert et j'ai appuyé sur l'accélérateur. Peut-être devais-je contacter Me Horowitz, le plus brillant avocat de droit pénal du cabinet ? Il avait pris la défense de plusieurs politiciens corrompus, il pouvait bien défendre un livreur de cocaïne occasionnel. Si la situation d'Ange était vraiment mauvaise, il serait plus qualifié que moi pour le représenter... Arrivée avenue du Général-Eisenhower, je me suis garée n'importe comment et me suis précipitée à l'intérieur du commissariat central.

— Je suis l'avocate d'Ange Paoli, je souhaite voir mon client, ai-je lancé à l'agent préposé à l'accueil.

Celui-ci a levé sur moi des yeux bleus et son visage poupin avant de m'annoncer dans un sourire qu'Ange Paoli était toujours interrogé par le commissaire Allard.

— Il a dû abandonner son repas en famille pour rappliquer en vitesse, autant dire qu'il est bien décidé à lui faire cracher le morceau.

Je m'essuyais les paumes sur ma jolie jupe en mousseline. Qu'avaient donc mes mains à être moites ce soir ? Par ce froid ?

— Je peux savoir de quoi il est soupçonné exactement ?

Le jeune homme, un gamin d'à peine vingt ans vu sa peau encore traumatisée par des traces d'acné juvénile, a roulé des yeux ronds comme des soucoupes.

— C'est votre client et vous ne savez même pas qu'Ange Paoli est le plus grand organisateur de parties de poker clandestines de Paris ? On joue gros avec lui, très gros. Et maintenant, il risque gros, très gros !

— Mais enfin, mon client est loueur de bateaux !

— Couverture ! a lancé le jeune homme.

— En plus, il ne vit pas à Paris, mais en Corse, à Porto Vecchio.

— Couverture ! a-t-il répété, l'air inspiré.

J'ai soufflé profondément par le nez, comme me l'avait enseigné ma prof de yoga. L'idée générale était de rester calme. Dans ma tête défilaient les photos d'Ange au volant de ses bolides de luxe, souriant et nonchalant, sur fond de mer turquoise. Couverture ? Vraiment ?

— Pouvez-vous me dire, monsieur l'agent, dans quelles circonstances il a été arrêté ?

— En pleine partie de poker, dans un appartement privé du quartier. On les a tous mis dans le panier à salade et direct au poste. Une belle prise. Un beau cadeau de Noël pour le commissaire Allard !

— À ma connaissance, il n'est pas interdit par le Code pénal de jouer au poker dans le cadre familial ou amical.

— Ah oui, mais ce n'était pas amical ! On frise le blanchiment d'argent là, ma petite dame.

— Appelez-moi maître, ai-je répliqué sèchement.

Mon cerveau moulinait comme un mixeur. Quelque chose ne collait pas. Ange ne POUVAIT PAS être ce voyou, roi des tripots clandestins. Ça ne ressemblait pas du tout au profil du mec avec qui j'entretenais une relation par textos depuis huit mois. Et pourquoi, dans ce cas, aurait-il accepté de livrer de la coke à des particuliers dans Paris à visage découvert à Noël dernier ? C'était beaucoup trop risqué. À moins que sa reconversion ne soit très récente…

— Depuis quand exerce-t-il cette activité, selon vous ?

— Ah je ne sais pas exactement, mais pfff ! Oui, je dirais longtemps.

— Longtemps, genre plus d'un an ?

— Genre plus de dix ans, malheureuse ! Euh, pardon, malheureux maître !

J'allais dire que mon client était victime d'un malentendu monumental quand la porte menant aux bureaux s'est ouverte. J'en ai alors vu sortir Ange, escorté de plusieurs policiers.

— Encore toutes nos excuses, monsieur Paoli.

— Pas de souci, commissaire Allard. L'erreur est humaine. Simplement, la prochaine fois que vos équipes arrêtent un Ange Paoli, assurez-vous qu'il s'agit du bon !

— Nous savons qu'un Paoli peut en cacher un autre ! Mes amitiés à votre oncle…, a grincé le commissaire en lui lançant un regard irrité. Je vais rentrer chez moi avant que ma femme ne me tue, terminer la dinde cuisinée par mon père et le vin choisi par mon fils. Voulez-vous qu'on vous appelle un taxi ?

— Pas la peine ! Je suis en voiture, je le ramènerai !

Les policiers se sont tournés vers moi.

— Je suis son avocate ! ai-je ajouté pour tout expliquer.

Un éclair de surprise incrédule a traversé les prunelles vertes d'Ange, puis il m'a souri. Dans mon cœur, c'était la fonte des glaces. En un an, j'avais oublié combien il était craquant, combien son sourire s'étirait irrésistiblement vers ses fossettes et comme sa mèche retombait divinement sur son front. Il a soufflé vers le haut pour la relever et s'est approché de moi sans pouvoir arrêter de sourire.

— Maître Samba ! Merci de vous être déplacée.

— J'ai fait aussi vite que j'ai pu.

Il a plongé son regard dans le mien avec une petite moue moqueuse.

— Hum… Je me demande à quel moment vous seriez arrivée si vous aviez pris votre temps ! Mais j'imagine qu'une sortie au commissariat n'était pas *prévue* au programme de la soirée.

— Effectivement, j'étais en plein dîner de famille.

— Ah ! Je vois. New York a débarqué. Comment me faire pardonner ?

— Sortons d'ici ! Ma voiture est devant.

Pendant que je roulais vers Montmartre, il m'a expliqué qu'il était tranquillement en train de jouer au poker chez des amis quand les flics avaient fait irruption, puis les avaient plaqués au mur en leur demandant leurs papiers. L'excitation avait atteint son comble quand ils avaient découvert son nom. On les avait fait grimper *illico* dans le panier à salade, direction le poste, puis collés en cellule en attendant la venue du commissaire.

— À les voir, ils avaient gagné l'Euromillion : ils dansaient le hip-hop devant la cellule. Allard est arrivé super excité, sa serviette de table encore à la main. Il a grave déchanté dès qu'il m'a vu. Je n'étais pas du tout celui qu'il recherchait, vu que c'est un gros lascar de cinquante-six ans. Ça ne l'a pas empêché de me cuisiner et de me poser mille questions sur mon oncle. J'ai vraiment flippé, je te jure. Je m'en suis sorti en restant très calme et en remettant sans cesse leur erreur sur le tapis.

On a remonté la rue des Abbesses déserte en roulant tout doucement, la neige voletait autour de l'habitacle, on était dans une bulle, complètement isolés du reste du monde.

— C'est fatigant, parfois, d'être un Paoli.

Il a prononcé son nom à la corse, en insistant sur le « o » et en glissant sur le « i » final, j'ai trouvé ça terriblement sexy.

— Au fait, je ne t'ai pas demandé où il fallait que je te dépose.

— Je suis descendu à l'Hôtel Particulier, juste à côté de chez toi.

— Tiens, c'est drôle, ma famille aussi !

Je me suis garée devant l'hôtel. Nous sommes restés silencieux un long moment, à regarder les flocons s'accumuler sur le pare-brise.

— Qu'est-ce que tu faisais à Paris, ce soir ? Des livraisons pour ton oncle ?

— Pas du tout, je suis venu pour te voir. Je pensais t'appeler demain. Je voulais te parler. Sérieusement.

Je ne suis efforcée de prendre un air complètement détaché alors que mon cœur battait la chamade.

— Ah oui ? ai-je dit en bougeant les cheveux.

— Je voulais te dire que j'ai pensé à toi tous les jours de toute l'année. Chaque soir, je me précipitais chez moi comme un fou pour t'écrire. Tous mes amis te diront que ça ne me ressemble pas du tout, du tout ! J'ai envie d'être avec toi, Nina. Tout le temps, pas seulement par écrans interposés entre vingt-trois heures et minuit.

J'ai eu très chaud, tout à coup, puis très froid. Je me suis mise à claquer des dents, en même temps que mes mains se couvraient de sueur. J'ai allumé le chauffage et fait marcher les essuie-glaces pour qu'il ne voie pas mes yeux se remplir de larmes. Puis je me suis retrouvée dans ses bras, joue contre joue, lèvres contre lèvres.

— Mais c'est impossible. Tu vis à Porto-Vecchio… et je vais sans doute retourner à New York.

Ange m'a lâchée pour se repositionner sur le siège passager. Pendant un moment, on n'a plus entendu que le bruit des essuie-glaces qui couinaient sur le pare-brise.

— Tu comptais me le dire quand ?

— Je n'ai pas encore pris ma décision, mais c'est dans le champ des possibles.

C'est alors qu'on a toqué contre la fenêtre. Une main a essuyé la neige accumulée sur la vitre arrière et on a vu apparaître quatre visages souriants. Nous sommes descendus de la voiture. En une fraction de seconde, nous étions cernés.

— Il a une vraie tête d'ange de Noël, a dit ma mère, puis elle a ajouté : Bonsoir, je suis Elaya, la mère de Nina.

— Bonsoir, Lukenga Samba, a dit mon père en lui broyant la main, mais tout le monde m'appelle Luke. J'espère que ma fille vous a sorti de la merde.

— Euh, oui…

— Bonsoir, moi, c'est Kim. La petite sœur. On n'en pouvait plus d'attendre Nina, alors on a décidé de rentrer à l'hôtel.

— Bonsoir, je suis Kane, le grand frère. Désolé, il ne reste plus de risotto à la truffe, mais il y a du champagne au frais.

— Ravie de vous avoir rencontré, a dit ma mère.

— Euh, oui…, a répété Ange.

Je me suis demandé où étaient passées sa repartie et sa nonchalance habituelles, mais elles avaient dû aller se coucher. Mes parents se sont éloignés serrés l'un contre l'autre. Kimia m'a adressé un clin d'œil approbateur. Je les ai tous vus disparaître derrière la grille noire de l'hôtel.

— Ils sont cool, a dit Ange.

— Je trouve aussi.

— Ça tombe bien. Parce que je n'aurais pas supporté une once d'hostilité de leur part… vu que je vais peut-être bientôt m'installer à New York !

J'ai enroulé mes bras autour de son cou.

— Nous sommes des Congolo-new-yorkais, chez nous, l'hospitalité, c'est sacré ! ai-je murmuré avant de l'embrasser.

On a descendu lentement la rue Lepic en se tenant la main. Montmartre sous la neige ressemblait à un tableau d'Utrillo.

— Tu sais qu'il y a beaucoup de Corses à New York. Nous avons même une association, l'ACNY ! Il faudrait que je les contacte. Je me demande si on peut louer des bateaux sur l'Hudson River… ou peut-être même dans les Hamptons.

— Ça devrait pouvoir se faire, mon Ange.

J'ai levé le nez vers mon petit appart sous les toits, les guirlandes du sapin clignotaient comme pour nous inviter à monter. Là-haut, il y avait du champagne au frais et mon lit au chaud. J'ai composé le code et l'ascenseur nous a emmenés au septième ciel.

LE BRIE DE NOËL

*

Adèle Bréau

— Je vous pose ça où ?

Catherine sursauta. Comme chaque année à la même période, elle avait mal dormi. En pleine nuit, elle s'était réveillée, et avait tenté de démêler les pensées qui l'avaient assaillie, s'enroulant les unes aux autres pour ne plus former qu'une grosse boule angoissante qui l'avait tenue éveillée plusieurs heures jusqu'à l'aube. La nappe ! Avait-elle bien lavé la nappe ? Et les couverts, d'ailleurs, en avaient-ils assez ? Combien étaient-ils ? Papa, Lalie, Pierre, les enfants… Non, les enfants mangeraient à côté, sur une petite table. À Noël, on n'avait pas envie de s'enquiquiner avec les adultes, mais plutôt de jouer avec ses cadeaux. Et les cadeaux, justement. En avait-elle fini ? Quelle plaie, de devoir trouver une idée originale pour tout ce petit monde dans un temps aussi restreint. D'autant qu'elle n'avait plus beaucoup de temps pour traîner dans les magasins.

— Mettez ça là, sous le Père Noël et les guirlandes. On s'en occupera plus tard. Il y a du frais, aussi ?

— Les bries à la truffe. Vot' mari nous en a recommandé une pleine caisse.

« Votre mari ». Une nouvelle fois, elle savoura autant qu'elle accueillit avec une certaine curiosité ce terme qu'elle entendait si fréquemment aujourd'hui. Pourtant, elle n'était pas mariée, bien sûr. Mais pour tout cet aréopage qui évoluait maintenant autour d'elle – les autres commerçants, les coursiers, les clients –, elle était « la petite dame » de Benjamin. Qui eut cru, alors qu'elle se morfondait, célibataire, persuadée de finir seule avec son papa à enchaîner les parties de Scrabble jusqu'à la maison de retraite – ce qui, par ailleurs, avait quelque chose d'assez rassurant pour ne pas dire réjouissant –, qu'elle se retrouverait un an plus tard, jour pour jour, en couple, heureuse et amoureuse, choyée et enviée par tout le quartier, avec un beau fromager ? Certainement pas elle qui, depuis le lycée, enchaînait les galères sentimentales toutes plus rocambolesques les unes que les autres. Encore moins son entourage découragé, qui semblait avoir fait une croix sur le potentiel avenir amoureux de l'attachante gaffeuse de la famille.

Eh bien les miracles arrivaient ! Le miracle de Noël, songeait-elle chaque matin, lorsqu'elle se réveillait, lovée contre le corps chaud de Benjamin, parcourant d'un doigt encore timide les tatouages qui sillonnaient son corps, dans son petit studio qu'ils ne quittaient plus. Oh, bien sûr, les choses n'avaient pas été simples. Après leur brève rencontre le soir du réveillon, elle pensait ne jamais le revoir. Il était une apparition, un dernier cadeau de la vie avant la quarantaine. Elle était partie chercher ce fichu fromage que Lalie exigeait de manger pour Noël parce que, venue de Londres tout exprès pour passer en famille les fêtes avec eux, ce détail gastronomique revêtait une importance plus grande encore que celle de retrouver ses proches. Et son destin avait ce soir-là été bouleversé, comme le narrait la désormais « légende familiale ». « Encore, tata, raconte comment tu as rencontré tonton Benjamin ! » Ce soir, Thaïs et Gabriel, ses effrayants neveu et nièce parfaitement bilingues, exigeraient leur histoire. Et comme chaque fois, sous le regard amusé de leurs parents, elle déroulerait cette rencontre incroyable qui avait chamboulé sa vie tranquille. Elle édulcorerait son récit, évidemment, échangeant des clins d'œil avec Benjamin. Comme elle, il gardait surtout en mémoire la tension folle qui avait uni leurs corps ce soir-là, alors qu'autour d'eux scintillaient lampions et guirlandes, que les foyers se réchauffaient, que les enfants trépignaient et que, partout, on se réunissait pour fêter Noël.

C'est elle qui avait « craqué ». Après cette aventure, elle avait passé des jours entiers au fond de son lit, à dérouler le petit film de ces minutes magiques, à plaquer le pull immonde qu'elle portait ce soir-là contre ses narines pour sentir, encore, l'odeur de Benjamin avant qu'elle ne s'enfuie. Et puis elle avait trouvé un prétexte, et était retournée au magasin. Il était absent ce jour-là. Parti en congés après le rush des fêtes.

— Je peux lui laisser un message ? avait demandé la petite vendeuse que Catherine avait immédiatement suspectée d'être sa petite amie, sa maîtresse, sa sex friend.

— Non, non.

Alors elle était repartie se blottir contre la cheminée, chez son père adoré, à contempler d'un air morne le sapin qui clignotait. *Paf, paf, tic tic tic*. C'était idiot, ces petites ampoules et leur concert frénétique. Ça l'avait énervée, elle qui pourtant adorait ça. Et tout ce tintouin ! Les cadeaux, la crèche, les loupiotes, les chocolats. Pour la première fois depuis des années, elle n'avait plus su apprécier cette période bénie qu'elle affectionnait tant, malgré leur histoire, et ce départ subit de leur maman un soir de Noël, qu'ils avaient mis des années à oublier. Mais l'avaient-ils vraiment oublié ?

Et puis un soir, il avait été là. En bas de l'immeuble, sur sa moto. Il neigeait encore. Oui, cette année-là, il avait beaucoup neigé. Il était assis sur le petit banc en bas de l'immeuble devant lequel il l'avait déposée.

Son corps s'était emballé comme jamais. *Paf, paf, tic tic tic*, comme le sapin, il ne savait plus où donner du rythme. Ce qu'elle devait avoir l'air godiche, avec son pantalon de yoga bariolé flambant neuf, elle qui ne faisait jamais de yoga – Lalie avait cru bon de glisser dans son soulier cet accessoire tendance qui avait, disait-elle, changé sa vie. Enroulée tel un nem dépressif dans un grand manteau informe, hirsute à force d'avoir traîné sur leurs épaules à tous, la tête enfoncée dans un gros bonnet à pompon. Et elle avait repensé aux conseils de sa mère : « Toujours sortir dans la rue parfaitement pomponnée. » Pourquoi fallait-il toujours qu'elle se croie plus maligne que les autres ? Elle avait bien failli partir en courant mais, le ridicule d'une telle réaction lui ayant paru plus grand encore que celui de son étrange dégaine, elle s'était avancée vers lui.

— Tu me cherchais ? avait-il simplement chuchoté, de cette voix chaude qui l'avait fait frissonner.

— Oui.

— Alors ? Vous allez fermer ou pas ?

Zut, le livreur. Elle l'avait oublié. Comme la ribambelle de clients qui attendaient, impatients, qu'elle vienne aider Roman au comptoir. Le pauvre était débordé. Benjamin avait dû s'absenter pour quelques heures, afin d'aider le père de Catherine à monter sa nouvelle bibliothèque – quelle idée, se faire livrer une bibliothèque Ikea un soir de Noël ! Aussi avait-elle proposé de le remplacer à la fromagerie. Elle l'avait fait quelques fois, mais jamais lorsqu'il y avait tant de monde. Le bruit, sous l'auvent du marché couvert, était assourdissant bien qu'agréable. Partout, on entendait des chants de Noël, des clochettes. Les enfants souriaient et ouvraient des yeux comme des soucoupes en pensant aux heures à venir pendant que leurs parents s'inquiétaient, comme elle cette nuit, de savoir s'ils n'avaient rien oublié.

— Oui, quelques jours en janvier. Nous partons en Thaïlande. Mais chut, c'est une surprise.

— Ouah ! Bah dites donc, ça marche bien, le fromage.

Elle sourit bêtement parce qu'elle ne voulait pas rentrer dans la polémique. C'est elle qui avait « cassé » son PEL pour offrir à son amoureux ce beau voyage dont ils rêvaient tous les deux. Catherine avait préparé une petite carte avec des photos de l'hôtel où, dans quelques jours, ils siroteraient des cocktails colorés devant la mer en se réchauffant au soleil du bout du monde. L'été à Noël, ça devait être complètement fou, après la douceur des excès de l'hiver.

— Allez, bonnes fêtes ! Et à l'année prochaine.

Le type marqua un temps d'arrêt, avant d'éclater de rire, ça marchait à tous les coups, cette blague un peu débile qu'elle sortait à tous les clients.

— Ah, ah, bah oui. On se revoit après la Saint-Sylvestre ! Et mes amitiés au patron. Prenez-en bien soin.

Et elle se lança dans l'arène. « Bonjour Madame, qu'est-ce que je vous sers ?… Voilà… Je vous laisse passer en caisse avec mon collègue ? Bon réveillon. Tenez, un petit bonbon pour le gentil garçon. Tu as été sage ? Qu'est-ce que tu as commandé au Père Noël ?… Nos camemberts ? Les meilleurs, évidemment. Je vous en choisis un pour ce soir ? Avec un Beaufort, très bon choix. »

Catherine saisissait les énormes morceaux de fromage avec dextérité. Elle adorait ça, attraper un petit papier blanc, découper une belle tranche bien nette, et la déposer dessus. La peser, enrouler le morceau de fromage dans la feuille épaisse et l'étiqueter. Dans les sacs qu'elle tendait, on aurait dit de charmants paquets cadeaux qui attendaient qu'on les découvre, ébahi, ce qui ne manquait jamais d'arriver. La fromagerie des frères Barrot était la meilleure du marché. En témoignait la file qui continuait de s'allonger jusque devant le vendeur d'acras lequel, ce soir, faisait grise mine.

— Bonjour, est-il possible de m'empaqueter la jolie fromagère ?

Elle rougit jusqu'aux oreilles. Benjamin surgit de nulle part, dans la foule, alors que tous les regards se tournaient vers lui. Les mères de famille, elles aussi, rosirent devant tant de sex-appeal, et scrutèrent avec curiosité et envie la chanceuse à laquelle était adressée cette demande. Beaucoup, sembla-t-il à Catherine, firent des moues comme pour dire « Qu'est-ce qu'elle a de plus ? » Mais elle s'en fichait complètement. Ce type sublime était, pour une raison absolument inexplicable, fou d'elle. Il n'y avait qu'à voir le regard amoureux dont il la couvait derrière le comptoir, avant de se glisser avec souplesse derrière elle, de lui pincer les fesses et d'enfiler en quelques secondes un tablier pour les seconder. Quand il était là, le comptoir prenait des airs de fête. On aurait dit qu'une troupe entière de comédiens ou d'artistes talentueux avait pris place devant cette assemblée pourtant peu encline à perdre son temps. Devant lui, le public se taisait, envoûté par cette aura et cette bonne humeur perpétuelle qui emportaient tout sur son passage.

Catherine l'observa, attendrie. Au même instant, Benjamin fronça les sourcils et plongea sa main dans sa poche pour consulter son téléphone, ce qu'il ne faisait pourtant jamais au travail. « Surtout quand tu es là, qu'est-ce qui pourrait bien être urgent au point de ne pouvoir attendre quelques heures ? » lui disait-il souvent. Allergique aux nouvelles technologies, il avait même choisi de ne posséder qu'un téléphone ancienne génération, à clapet, qui ne recevait pas les mails et ne comportait aucune de ces applications que Catherine jugeait débiles. Pour cette raison-là aussi, la jeune femme était tombée éperdument amoureuse de cet ange de Noël surgi une nuit de fête.

Et pourtant, en consultant l'écran de l'antiquité qui lui servait de téléphone, Benjamin eut un air soucieux que Catherine ne lui connaissait pas. Il le referma toutefois et reprit sa représentation auprès de ce public acquis à sa cause.

— On se prend un petit verre de vin ?

— Non, merci. Je préfère garder mon potentiel alcoolique à son top pour ce soir.

— J'ai hâte de voir ça. Penses-tu nous faire un petit strip-tease comme l'autre soir, quand tu as fini par t'écrouler endormie en culotte sur notre canapé ?

— Ça n'est pas très gentil, ça, monsieur le fromager, de se moquer des pauvres femmes pompettes. Et puis, ce n'est pas « notre » canapé mais « ton » canapé.

— Catherine, tu habites quasiment chez moi.

— Oui, mais je ne tiens en rien à avoir un quelconque lien d'appartenance avec cette abominable chose râpée et inconfortable.

— Ça n'est pas ce que tu disais l'autre soir !

Roman avait pris le relais au magasin le temps qu'ils aillent déjeuner en amoureux dans le petit restaurant du marché couvert. Là, les commerçants avaient leurs habitudes. Tout le monde se connaissait, se souriait. On prenait des nouvelles des enfants, des amis. C'était une grande famille que Catherine avait peu à peu découverte, et qui l'avait rapidement acceptée. À part cette garce d'Elsa, la boulangère, qui ne se remettait manifestement pas de sa liaison avec Benjamin, deux ans auparavant. Son décolleté non plus, qui n'en finissait pas de prendre l'air pour attirer les regards, ou plutôt celui de Benjamin, malgré des températures dignes de l'ère glaciaire.

À nouveau, le téléphone de Benjamin vibra. Cette fois-ci, c'était un appel, ce qui pour le coup n'arrivait jamais. Il haïssait plus que tout parler dans « cette machine », et ne s'en servait qu'en cas d'absolue nécessité, pour annoncer un retard ou lui donner rendez-vous. Et pourtant, cette fois-ci, sans même vérifier l'identité de celui ou celle qui cherchait à le joindre, il attrapa l'engin vibrant et déclara :

— Je te laisse cinq minutes. Commande pour moi, je te fais confiance.

Puis il partit dans la rue pour téléphoner. Il ne fumait même pas, quel besoin avait-il de parler loin d'elle ?

— Bonjour, jolie dame, qu'est-ce que je vous sers aujourd'hui ?

— Hein, euh… Je… Je n'ai pas encore regardé.

— Oh ben c'est simple, c'est sur l'ardoise. Je vous mets une douzaine d'huîtres et deux dos de cabillaud aux palourdes ?

— Qu… Oui, oui, très bien.

— Qu'est-ce qu'il fait, le beau gosse ? Il t'a laissée toute seule ? Il est déjà retourné à ses mottes malodorantes ?

— Non, il téléphone. Il arrive.

Sans surprise, le garçon éclata de rire.

— Il… téléphone ? Alors ça… je savais que Noël apportait son lot de surprises mais là, ça tient du miracle. Il te prépare une surprise ?

— J'en doute…

De loin, elle observait Benjamin qui parlait dans le combiné, l'air grave, en mordillant sa lèvre inférieure. Alors Catherine sentit qu'elle perdait pied. Tout autour de lui, elle avait l'impression que les femmes étaient aux aguets, prêtes à lui bondir dessus.

Au même moment surgit de nulle part Elsa qui se posta sans gêne à son côté alors qu'il était encore en pleine conversation. Lorsqu'il raccrocha, il se rendit compte de sa présence et entreprit de bavarder avec elle, après l'avoir embrassée, « pour Noël », arguerait-il sans doute si elle lui faisait une scène de jalousie. Mais non, elle ne ferait pas ça, elle se l'était juré. Garde ton calme, Catherine, cet homme t'aime. Même si… À présent, Elsa faisait glisser son épais gilet le long de ses épaules, découvrant cette énorme paire de seins qui était une des légendes du marché. Catherine sentit sa gorge se nouer à la vision de ces deux jeunes gens si beaux dans le décor de fête qui les entourait, comme irradiant parmi les guirlandes, les boules colorées, les angelots idiots et la musique festive qui conférait à cette scène douloureuse des airs de comédie romantique… Le supplice, heureusement, prit fin lorsque Benjamin délaissa son irrésistible interlocutrice pour la rejoindre.

— Tu as pu commander ?

— Tu parles, j'ai eu le temps.

Non, elle ne voulait pas faire de scène…

— Tu es fâchée ? Je suis parti longtemps ?

— Non, juste une dizaine de minutes. Elsa va bien ?

Non, il ne fallait pas faire de scène…

Benjamin éclata de rire, tentant de lui prendre la main, mais elle se dégagea, boudant comme une enfant.

— Quoi ? Je ne vois pas ce qu'il y a de si drôle.

— Tu es jalouse !

— Moi ? De cette gogo danseuse des fours à pain ?

— Ah mais si ! Tu es jalouse. Enfin, Catherine, c'était il y a des siècles. Et puis, si on avait dû rester ensemble, je ne serais pas là, avec toi, à manger des… Ah ! des huîtres, très bon choix, mademoiselle !

— C'est Germain qui a décidé, bougonna-t-elle en jouant avec le petit Père Noël posé sur leur table.

— Alors merci, Germain.

Le serveur partit en lui faisant un petit signe l'air de dire « Bon courage, gars. Pas faciles, les femmes, on ne sait jamais bien ce qui leur prend ni ce qu'elles attendent de nous. »

— Bon, tu n'as besoin de rien pour ce soir ? Je te rejoins en fin d'après-midi comme prévu pour t'aider à finir de préparer ?

— Oui. Si tu veux…

— Chérie…

— Tu as l'air soucieux, je trouve.

— Moi ? Pas du tout ! J'adore Noël. C'est plutôt toi qui…

À nouveau, le portable de Benjamin émit un petit son horripilant. Il décida pourtant de ne pas le regarder.

— Prends. C'est sûrement important.

— Non, c'est bon. Je regarderai plus tard.

Elle le fusilla du regard. C'en était trop, et assez clair comme ça. Que pouvait-il lui cacher ? Certes, ils n'étaient pas en couple depuis des décennies, et chacun avait son jardin secret, heureusement. Elle dormait encore souvent chez elle, dans ce petit appartement au-dessus de chez son père, qu'elle ne se résolvait pas à quitter. Depuis ce Noël il y avait si longtemps, Michel était seul, et elle mettait un point d'honneur à s'occuper de lui. « Ne t'inquiète pas, ma chérie, lui répétait-il. Je peux très bien me débrouiller. » Surtout depuis Benjamin, qu'il semblait aimer beaucoup. Lui aussi se serait fait berner par ce séducteur de supermarché. Ou plutôt de marché.

— Écoute, tu viens quand tu veux. On n'est pas mariés. Fais comme tu le sens, tu es libre.

— Cath…

— On demande l'addition ? Je n'ai pas très faim, en fait, et j'ai mille choses à faire. Dont l'achat de ces foutus jouets en bois commandés par Lalie. Ils ne peuvent pas demander des Lego comme tout le monde ? Non, Madame veut du traditionnel, du Montessori. Manquerait plus que leurs cerveaux de Bill Gates en devenir se polluent à mon contact.

— Tu as l'air bien remontée. Cath, c'est Noël.

— Eh bien, justement ! C'est aussi du stress, le repas à préparer, et mon père qui m'attend tout seul chez lui. J'y vais !

Sur ce, elle le planta là, après avoir déposé sur ses lèvres un baiser rapide, délibérément sans passion. Un de ces baisers dont les vieux couples usent, comme pour oblitérer leurs débuts et leurs fins de journée, ne réfléchissant même plus à la portée de ce geste, ni au caractère autrefois érotique de celui-ci.

Dans la rue bruyante, elle respira enfin, enfonçant son bonnet avec humeur pour braver le froid. Au fond de sa gorge, une grosse boule de larmes s'était coincée, qu'elle ne parvenait pas à expulser. De toute façon, ça devait arriver. Pourquoi connaîtrait-elle le bonheur, elle ? À son âge. Après tant d'errance ? Elle avait été bien bête. Elle ne savait même plus si Benjamin viendrait ce soir. Peut-être lui enverrait-il un texto pour la prévenir que ce n'était pas la peine, après la scène qu'elle venait de lui faire, prenant ce prétexte facile pour en finir avec cette aventure un peu ridicule, et retourner à sa vie de célibataire heureux. Autour d'elle, les familles riaient, les bras chargés de paquets, les visages ravis éclairés par les vitrines illuminées où s'affairaient des commerçants submergés. Le froid mordait les visages et les doigts, mais tous semblaient s'en ficher. L'esprit de Noël, l'amour et la perspective si proche de se retrouver tous pour cette soirée magique atténuaient la douleur. Catherine, elle, avait froid. Elle fut soudain frappée par un coup de blues qu'elle devait combattre. Elle ne pouvait pas arriver chez son papa dans cet état. Il ne le méritait pas.

Face à la porte de leur immeuble, la petite église de quartier bruissait des derniers préparatifs avant la messe de ce soir. Devant, la crèche avait été dressée quelques semaines auparavant. Le bœuf, la vache, et des dessins d'enfants tels que ceux que Catherine faisait, petite, pour cette même saynète de quartier. Sans bien comprendre pourquoi, elle entra, encombrée de ses dizaines de paquets. Ça faisait des années qu'ils n'y allaient plus, à la messe de Noël, au grand dam du Père Jean, grand ami de la famille, qui leur pardonnait volontiers mais continuait de les tanner, année après année, pour qu'ils reviennent en ce lieu. Encore déserte, l'église scintillait des dizaines de cierges allumés par ceux qui, comme elle, venaient contre quelques pièces honorer leurs morts, faire une prière désespérée, ou simplement s'acquitter d'un dû à une religion qui les avait élevés mais que, adultes, ils avaient finalement délaissée.

Catherine huma l'odeur rassurante de l'encens, de la pierre froide, de l'osier de ces dizaines de chaises qui, dans quelques heures, recevraient plus de séants que jamais dans l'année. Tous, ils viendraient, endimanchés, morts de faim à l'approche du dîner pour ceux qui opteraient pour la première messe, ivres de fatigue et de bons vins pour les autres, les adeptes de la messe de minuit, et ils chanteraient, heureux, les cantiques de cette fête qui les rassemblait une fois l'an. Oui, c'est ça qu'elle voulait, se retrouver en famille, serrer son père et sa sœur contre elle, gâter les enfants, leur offrir un bon repas. Au diable ses peines de cœur ! Personne n'avait à en pâtir. Elle y penserait demain, comme disait Scarlett O'Hara. Soudain ragaillardie par ces pensées positives, Catherine fit volte-face et franchit le seuil pour traverser la rue qui la séparait de chez elle. En sortant, une silhouette la frôla. Une silhouette qui la troubla. C'était ce parfum. Ce parfum qui…

Non, pas ce soir.

Et elle composa le code.

— Mais enfin, ma chérie, calme-toi, tout est prêt, tu le vois bien. Ça fait dix fois que tu vérifies. La nappe est au carré, on a tous trois assiettes, deux fourchettes, six verres. On ne reçoit pas la reine d'Angleterre !

— Ah si, un peu.

— Ah ma Lalie, cet humour british.

— Que veux-tu, je me fais à ma nouvelle patrie.

— Même à la jelly ?

— N'exagérons rien, *darling*.

— Tu te souviens comme on détestait ça, quand on allait chez les Smith à Birmingham ?

— Si je me souviens, tu en mettais même dans tes poches. C'était immonde !

— Qu'est-ce qui est immonde ? demanda Michel, leur père, affairé au-dessus de la dinde qu'il arrosait consciencieusement toutes les demi-heures depuis le début de l'après-midi.

— Rien, mon papa. Et notre crémier, il est où ?

— En retard.

— Tu dis ça d'un ton. Vous vous êtes disputés ?

— Non, non. Enfin, je ne suis même pas sûre qu'il vienne. Ni que c'était une très bonne idée de vous le présenter. Tout ça n'a aucun sens.

— Ce qui n'a aucun sens, c'est que je ne vais pas avoir mon brie à la truffe cette année !

— Lalie !

— Oh, je plaisante, j'essaie de détendre l'atmosphère.

Du salon, les deux sœurs entendirent tout à coup des exclamations de peur et de surprise. Ensemble, accompagnées de Michel, elles se précipitèrent dans le couloir. Il était sombre. Au loin, elles ne voyaient que le clignotement des guirlandes du sapin, *paf, paf, tic tic tic*, et percevaient une grosse voix de derrière la porte.

— Ouvrez les enfants, c'est le Père Noël !

— Enfin, Pierre, qu'est-ce que tu fais ? Ouvre. Ou pas, d'ailleurs. Qui est ce cinglé ?

— Peut-être un dangereux criminel !

— C'est quoi, maman, un criminel ? C'est comme le Père Noël ?

— Ouvrez, jolie famille, c'est le Père Noël ! Vous ne pouvez pas passer le réveillon sans votre brie à la truffe !

Catherine rougit. Benjamin. Qu'est-ce qu'il fichait derrière la porte ? Et pourquoi l'avait-il plantée, cet après-midi, alors qu'il devait l'aider ?

— Allez-y, ouvrez, dit Pierre avec flegme.

— Allez-y qui ?

— Ta sœur et toi, allez ouvrir.

La première, Catherine s'approcha de la porte. Elle le vit, minuscule et déformé par le judas, réjoui, vêtu d'un costume de Père Noël ridicule, planqué derrière une grosse hotte, et ne put s'empêcher de sourire. Alors elle ouvrit.

Le froid emplit la pièce surchauffée, en même temps que l'imposante silhouette. Catherine frissonna.

Derrière elle, Gabriel sautillait d'excitation alors que Thaïs, à la fois effrayée et fascinée, se blottissait contre son père.

— Oh, oh, oh, on a été sages, les enfants ?

— Oui ! Oh oui !

— Oui, oui.

— Et les belles dames ?

— Oui ! Oui, elles ont été sages aussi !

Lalie leva les yeux au ciel, attendrie.

Alors il fit un pas dans le salon. Michel était là, avec son tablier, lui aussi ému par ce gendre un peu loufoque pour lequel il avait eu, dès les premiers jours, une grande tendresse.

Et puis, ça s'est passé là, comme cela, au milieu des lumières, des guirlandes colorées, des petits fours, du champagne et de la montagne de cadeaux qui jonchait déjà le sol parce que Benjamin les disposait déjà tout autour de l'immense sapin qui touchait le plafond. Elle sortit de l'ombre, et il lui dit : « Entrez, entrez, Jeanne », et ce prénom les fit tous frémir. Comme auréolée par les néons du couloir, alors que les baffles crachaient doucement leurs cantiques de Noël, elle leur apparut telle qu'auparavant, il y avait si longtemps. Sa belle bouche rouge, sa chevelure épaisse et son maintien fier, qui contrastait avec un petit sourire triste et timide que nul ne lui connaissait. Le temps s'arrêta, le silence opaque ponctué seulement par le son des grelots et le bruit du papier froissé des paquets que Benjamin extrayait de sa hotte. Lalie, Michel et Catherine, tous les trois s'avancèrent, hypnotisés par cette apparition, le souffle court.

Dou-ouce nuit. Sain-ainte nuit.

— C'est qui, maman, la dame ?

Après un temps d'hésitation, Catherine s'avança un peu plus et la prit par la main, pleine d'une émotion qu'elle n'avait plus ressentie depuis si longtemps. Elle observa sa peau, les petites rides nouvelles sur son visage, et enfin enfonça son nez dans le cou de cette femme qu'il lui semblait avoir quittée la veille. Alors, l'odeur l'emplit de souvenirs et d'un bonheur immense, de ceux que l'on ressent à Noël, lorsque l'on est tous réunis, et que l'amour s'exprime de façon si naturelle. Lalie, puis Michel, en silence, vinrent à leur tour entourer de leurs bras la mère et la fille qui, à présent, sanglotait pour de bon. Il n'y aurait pas de questions, pas ce soir, le délice était trop doux. Non, ils s'étreignirent juste, tous les quatre, un long moment, sous les yeux curieux des enfants, et le regard attendri de Pierre et de Benjamin qui, s'il sifflotait, en apparence tout à sa tâche, avait les yeux qui luisaient dans la nuit.

Tous les cadeaux étaient sur le sol, entassés auprès de chaque chaussure, immense ou minuscule, déposée sous l'arbre. Le Père Noël plia la grosse housse rugueuse qui lui avait servi à les transporter, frappa dans ses mains, saisit un dernier petit paquet planqué dans sa veste rouge et demanda, fort, les faisant tous sursauter :

— Bon alors, je le mets où, ce brie ?

TU BLUFFES, MARTONI

*

Sophie Henrionnet

Haute-Savoie – 24 décembre

Quand la situation a-t-elle commencé à mal tourner ? Lorsque Simone, une lointaine tante de Romain, a proposé de faire un mikado géant, quand l'oncle Phil a reculé dans la voiture de son beau-frère, lequel, après être passé par toutes les teintes du Pantone, a fait un malaise vagal, ou bien lorsque la mère de Romain m'a intimé de passer un paréo pour faire honneur au thème

« Caraïbe et Laponie » qu'elle avait imposé pour – je cite – changer un peu ?

La pièce de tissu bariolée vient compléter un pull affublé d'un renne clignotant que la grand-mère de Romain m'a tendu dans les trente secondes qui ont suivi mon arrivée dans le chalet.

Je m'affale dans un large fauteuil, niant le boîtier des piles qui malmène mes côtes, et me pelotonne contre le seul îlot de réconfort dans les parages. Un mètre quatre-vingt, une barbe entretenue et des yeux gris : Romain.

— C'est que tu portes plutôt pas mal la chemise hawaïenne, dis donc !

— Tu trouves aussi que ça renforce mon petit côté Magnum ? se rengorge mon amoureux.

— En revanche, tu aurais pu préparer un trombinoscope… Ce n'est plus une famille, c'est une communauté.

— Pauline… Cinq sœurs du côté de ma mère, fratrie de quatre du côté de Papa… Franchement, personne ne t'en voudra si quelques prénoms t'échappent.

Je souris à des inconnus qui me dévisagent comme si j'étais le dernier animal exotique débarqué au zoo, et regrette déjà la fameuse « dinde façon calcinade » de ma mère.

— Tu peux me rappeler pourquoi j'ai accepté de passer le réveillon ici ?

— Parce que je me suis coltiné ta famille bien plus souvent que toi la mienne, souffle Romain.

Pas faux. Mais est-il seulement gravé dans le marbre que l'équité est de mise en matière de famille ? Je ne juge pas, je questionne.

— Tu sais que je fais le maximum avec ta mère…

Romain m'adresse un regard compréhensif et me tapote le ventre, ce qui a pour effet de relancer les clignotements du renne.

— Et je pense malheureusement qu'elle fait aussi de son mieux, Pauline.

— Pour me rabaisser en bonne et due forme, c'est certain…

— Je sais qu'elle n'est pas facile à pratiquer, concède Romain. Allez, quarante-huit heures…

Je soupire et lui attrape la main. Je sais qu'il fait tout son possible pour maintenir sa mère à distance, mais celle-ci s'évertue à bétonner le cordon qui la lie à son fils.

Je l'embrasse en soupirant. Ce séjour va être long, j'ai déjà la sensation d'être dans ce salon depuis six mois.

— Est-ce que seize heures est une heure décente pour se servir un verre ?

— Oui, si tu penses à de la citronnade, répond Romain.

— Exactement. Mais ajoute du rhum, de la menthe, et vire le citron.

Quand la porte s'entrouvre à nouveau, quelque chose en moi qui doit s'apparenter à ce qu'on appelle de l'instinct s'allume façon lettres géantes à Broadway.

— Une cousine ? dis-je en désignant une jeune femme que je soupçonne plus certainement s'être égarée à la sortie d'un défilé Simone Pérèle.

Romain ne répond pas, mais ouvre grand la bouche et saute sur ses pieds. Je découvre de façon concomitante qu'il a des gènes de carpe koï et de kangourou.

— Mais, mais, mais ! finit-il par laisser échapper en recouvrant l'usage de la parole.

— Ro-main ! hulule Simone Pérèle.

— C'est… C'est bien toi ?

Comme tous les autres, j'assiste d'abord à cette scène en souriant poliment. Rapidement, toutefois, un truc me chiffonne. Oui, assez vite, la façon dont cette cousine étreint mon petit ami me conduit à m'interroger sur les us et coutumes de cette famille. Cette accolade est, disons… serrée ? Intime ? Déplacée ? Définitivement indécente, oui ! Instinctivement, je bondis du fauteuil dans lequel je suis vautrée. La belle rousse me dévisage d'un air que je ne parviens pas à déchiffrer, mais qui doit se situer à équidistance entre le mépris et l'écœurement. Je décide de ne pas laisser le malaise s'installer.

— Pauline. Enchantée.

Simone Pérèle rit. Légèrement. D'un rire aérien, fluide, certainement proche de celui qu'auraient les sirènes si elles nous faisaient l'affront d'exister. Elle me tend une main distante, geste qui contraste avec l'accueil relativement chaleureux dont m'ont gratifiée les autres membres de la famille, et tranche carrément avec les retrouvailles dont je viens d'être témoin. Elle traîne à se présenter à son tour, comme si elle hésitait réellement à donner suite.

— Piana…, finit-elle par murmurer.

Dans sa bouche, ces trois syllabes en paraissent mille.

— Pauline, voici « Pia », poursuit doucement Romain.

Ma mémoire se met en branle. Rousse – stop – bombe – stop – Pia – stop – danger – stop.

— Pia ? réussis-je à balbutier.

— Piana, corrige Simone… Pia, pour les intimes, lance-t-elle d'une voix haut perchée.

— …

— Non, je plaisante ! Va pour Pia, même si nous n'avons encore jamais eu l'occasion de nous rencontrer.

D'un ample geste de la main, elle accompagne ce qui semble être une faveur. Je garde pour moi le fait que mes proches m'appellent, pour ma part, Popo et reste sans voix. #culot

Me voilà donc devant Pia.

Pia.

PIA.

PIA !

Pia, qui a brisé le cœur de Romain après plusieurs années de vie commune.

Pia, dont Annette, la mère de Romain, me rebat les oreilles chaque fois que l'on se voit.

Pia, aussi belle que douée de ses mains, aussi drôle que distinguée, aussi élégante que pleine d'esprit, et sans doute aussi forte au poker qu'en full-contact !

Pia, qui a balayé, que dis-je annihilé toutes mes chances d'occuper une place de petite amie digne de ce nom dans cette famille.

— Alors, tu es « Pia »..., dis-je dans un souffle, incapable de parvenir à une synthèse plus précise de la situation.

Simone Pérèle-Piana part dans un nouveau gloussement et fait onduler sa chevelure.

— OK ! On se tutoie ! Mais après tout pourquoi pas, c'est Noël, Régine !

— Pauline, elle s'appelle Pauline, intervient Romain qui souhaite retarder le plus possible la crise d'apoplexie qui me guette.

La rousse lève les yeux au ciel.

— Pauline, bien sûr... Ta mère m'a gentiment prévenue que tu viendrais avec « quelqu'un » pour que je me prépare.

Elle prononce ce mot comme s'il avait un goût de crotte de chien arrosé de vomi, sous-entendant qu'il pourrait tout aussi bien s'agir d'un collègue de bureau ou du premier SDF venu. Je me tourne vers Romain.

— Je ne savais pas que Pia assistait à vos réveillons ?

— Pia est la fille de Rosa, la meilleure amie de ma mère, explique Romain en rougissant encore un peu plus, si tant est que cela soit possible.

Un couple d'une soixante d'années en profite pour pénétrer dans le chalet. Annette surgit de la cuisine et s'élance vers eux.

— Tellement heureuse que vous ayez pu venir tous les trois !

Annette contemple ensuite Pia et Romain, côte à côte, et porte les mains à son cœur.

— Ça me fait quand même quelque chose de vous voir ensemble…

Cette femme a dû déposer son tact dans la vallée avant l'ascension du col.

— Pauline, tu les aurais vus ensemble… Un si joli couple… Cinq ans, tout de même… Mais la vie va et vient, c'est terrible. Allons, venez par ici !

Ah non, la mère de Romain est venue au monde sans le moindre tact.

Annette a la bonne idée d'entraîner Pia et ses parents dans la cuisine avant que je ne me saisisse d'un tisonnier, d'un neveu ou d'une guirlande du sapin.

Je dois me rendre à l'évidence… ELLE va passer le réveillon ici. L'ex avec un grand E. Le chagrin d'amour dont Romain a eu tant de mal à se remettre. Si Pia était une unité de mesure, il faudrait deux douzaines de Pauline au mieux de leur forme pour rivaliser un week-end dans le rôle de la fiancée. Une vague de fureur s'empare de moi : comment Romain a-t-il pu trouver opportun de ne pas me prévenir ?

Je pivote vers lui.

— C'est quoi ce plan merdique ?

Le grand brun qui partage ma vie depuis un an reste silencieux. Il choisit avec soin les mots qu'il s'apprête à prononcer et attrape mes mains, soucieux de gagner quelques précieuses secondes de réflexion.

— Écoute, Pauline…

— Romain ! T'es pas sérieux ?! Je ne me suis jamais sentie aussi humiliée ! Et ce n'est que le début !

— Pia saura se montrer plus diplomate, bafouille-t-il.

Je crois rêver.

— Que je ne m'inquiète pas ? Bien sûr ! C'est vrai ça, la diplomatie, sans doute une corde de plus à son arc, avec la grâce, l'oreille absolue, l'agreg de français…

— De philo, me reprend-il.

— Et dix ans de piano, et huit de danse classique, quadrilingue, etc. Je le sais, ta mère m'a suffisamment vanté ses mérites à chacune de nos visites !

Dans le salon, le silence s'est fait autour de nous. En ce début d'après-midi, la quasi-totalité des invités est déjà présente dans le chalet loué par la famille pour les fêtes. Je me sens trahie et honteuse. Le nez de mon renne se met à clignoter outrageusement. J'ai autant envie de passer Noël dans cette famille que de me faire épiler le sillon interfessier à la pince à épiler.

Sans plus réfléchir, j'attrape mon sac à main et me dirige vers l'entrée.

— Tu ne vas pas partir ? lance Romain, affolé.

Pour tout avouer, je n'en ai pas réellement l'intention (qu'est-ce que je ferais dehors, je vous le demande ?), mais percevoir la panique dans les yeux de Romain me fait curieusement du bien. Plus j'approche de la porte et plus son visage se décompose. Curiosité de l'espèce humaine, plus il se décompose et plus je retrouve un semblant de dignité. Désormais à quelques mètres de la porte, je ne peux plus perdre la face.

— Eh bien… Figure-toi que si.

L'oncle Victor se fourre un doigt dans le nez en attendant la suite de l'action. Alex et Léo, les jumeaux de quinze ans, profitent de cette diversion pour subtiliser des bières. Tante Suzanne louche sur le jeu de tarot de son adversaire.

— Pauline, non… Pas aujourd'hui !

— Tu ne veux pas que je te fasse honte devant ta famille, c'est ça ?

— Pas du tout ! tente-t-il.

Je me drape dans le paréo, telle une Vahiné des neiges.

— Pourtant, tu ne m'en laisses pas le choix…

Romain a l'air sincèrement désemparé. J'hésite encore un instant, mais, décidée, j'achève le trajet qui me sépare de la porte, puis pose une main sur la poignée.

— S'il te plaît, Pauline…

Je me retourne brièvement, juste à temps pour le voir perdre l'équilibre et atterrir sur un genou.

— Pauline, articule-t-il.

— …

— Veux-tu m'épouser ?

#incrédulité

Je lâche la poignée, raccroche ma mâchoire, et tente de trouver une réponse à la hauteur de ma stupeur.

— Humpf ?!

— M'épouser. Devenir ma femme…

— Je pense avoir compris dans les grandes lignes, mais…

— Alors ? geint-il.

— Alors quoi ?

— Tu es censée répondre oui ! lance l'oncle Victor.

— Si c'est non, il se tape grave la haine, ricanent Alex et Léo.

— Allons, ma petite, on attend ! reprend Suzanne qui a fini de mémoriser le jeu de son adversaire.

— Mais enfin…

Un « Oh ! » déçu parcourt l'assemblée.

Je suis à l'agonie. Que signifie cette demande ? Une vague de colère monte du creux de mon ventre, je suis scandalisée par ce qui est en train de se jouer dans cette pièce : Romain ne peut pas être en train de gâcher un pareil moment. Je prends la foule à témoin.

— Non, mais c'est vrai, quoi ! Regardez-moi : je suis énervée, humiliée, je porte un pull immonde orné d'un renne, un paréo grotesque et, ne le prenez pas personnellement, je suis entourée d'inconnus.

Cette fois, un « Oh ! » scandalisé s'élève, suivi d'un discret « Mais pour qui elle se prend ! »

— Reconnais-le, Romain… Tu fais cette demande, car je suis blessée et que tu ne sais pas comment te dépêtrer de la situation.

— Il bluffe, Martoni ! Elle est où la bague ? lancent les jumeaux.

Je jette un œil à mon prétendant qui, mal à l'aise, confirme le fait qu'il n'en a pas.

— Si je comprends bien, c'est non, murmure Romain.

Nous avons maintenant droit à un « Oh ! » triste et apitoyé. Il est accompagné de quelques regards haineux à mon encontre, et je m'estime soulagée d'avoir été invitée à un réveillon dans les Alpes et non à une fête des armes à feu en Géorgie.

— Je ne savais pas que Pia serait là, je te le jure…, souffle-t-il.

— Romain, dis-je en me rapprochant de lui, on ne fait pas une demande en mariage pour ce genre de raisons…

— Pour une fois, je suis d'accord avec Pauline ! Le mariage est une chose sérieuse…, lance Annette sur le seuil de la cuisine.

J'ai la sensation de me trouver dans la fosse aux lions. À ceci près que les lions sont les dragons de Daenerys Targaryen, et que le sol est de la lave.

Cette fois, c'en est trop. Je *dois* prendre l'air.

Je file à l'extérieur du chalet, espérant que Romain me rejoigne, mais il n'en fait rien. Sa mère doit déjà lui avoir collé l'incroyable Pia sur les genoux. Je me mets rapidement à grelotter. L'immonde pull ne tient même pas chaud et le nez du renne cesse de clignoter dans un grésillement flippant. J'avise non loin le garage dans lequel sont stockées les affaires de ski. Sur un coup de tête, je balance le paréo, enfile ma combinaison, chausse les skis fraîchement loués, et me dirige vers le remonte-pente le plus proche. De toutes les décisions que je suis en mesure de prendre (attaquer un chamois avec un couteau à beurre, crever les yeux d'Annette avec des branches de houx, mordre Pia au visage, rompre avec Romain), c'est de loin la moins mauvaise.

Calée sur le télésiège, j'envoie un SMS à mon petit ami que j'imagine entouré de la famille scandalisée au grand complet.

« Besoin d'air. Je t'aime. Popo »

Oui, Popo. N'en déplaise à Sainte PIA !

Une rouge à fond, une noire en flânant, deux bleues en slalomant. Soixante minutes de ski plus tard et je me sens un poil mieux. Pas encore prête à affronter Annette et sa horde de sœurs, mais tout du moins capable d'échanger plus calmement avec Romain. Une demande en mariage, c'est beaucoup plus que ce que j'espérais, mais pas dans ces conditions !

J'étudie sur un panneau le plan des pistes. Si je veux éviter de passer la nuit au milieu de nulle part, je ne dois pas traîner. Dans ma lettre au Père Noël, je ne suis pas certaine d'avoir écrit « me faire dévorer par les loups ».

Je me hâte vers le croisement qui mène aux télécabines signalées ouvertes lorsqu'un inconscient me coupe la route. Je ramasse un bâton et ma fierté tout en lui souhaitant un tas de choses qui ferait rougir un tenancier de bar à hôtesses, et déboule juste à temps à l'embranchement.

Je consulte une dernière fois les panneaux affichant les horaires et dévale la pente avec un vague sentiment de stress. Le nom de piste indiqué pour le retour à la station me semble différent de celui que j'avais retenu, cependant il est trop tard pour gamberger. Virage à droite, virage à gauche, semi-gamelle, dérapage incontrôlé, ouf ! Cabines en vue, et surtout en marche ! J'avise le petit écriteau « ouvert » planté au niveau de la zone de contrôle déserte et m'enfonce dans la cabine.

Je suis l'une des dernières à arpenter les pistes. Les skieurs ont déserté les pentes enneigées pour préparer le réveillon… Au moment où les portes se ferment, une personne pénètre *in extremis* dans la cabine. Je reconnais la combinaison de celui qui m'a percutée un peu plus tôt et serre les dents. Entrer en guerre avec un individu avec lequel je peux potentiellement rester coincée des heures me paraît tout sauf judicieux. Comble de l'ironie, la cabine semble avoir perçu mes pensées : après quelques mètres, celle-ci tangue, puis s'immobilise. Pas extrêmement éloignée du départ, mais trop pour tenter d'en ressortir.

— Je vais vraiment rater le réveillon ?!

— Vous teniez tant que ça à y assister ? répond la silhouette casquée et emmitouflée.

— Romain ?

Mon ex-prétendant ôte les multiples couches de protection qui le rendaient méconnaissable.

— Purée, j'ai bien failli rater mon coup, tu skies vite, en fait ! lance-t-il.

Il pose son sac à dos à ses pieds et en fait émerger une bouteille de champagne et deux gobelets en carton.

— Pas très glamour, mais je n'ai vraiment pas senti le coup des flûtes, s'excuse-t-il en faisant apparaître du saumon fumé, des toasts, deux lampes de poche et… un camembert !

— Mais…

— Et des couvertures de survie si jamais on passe vraiment la nuit ici !

Il continue de vider le contenu de son sac sur la banquette attenante.

Je scrute les environs, la nuit finit de tomber.

— J'ai vu ça dans un film, continue-t-il tout guilleret, mais je ne pensais pas y arriver.

— Tu veux dire que…

— Je t'ai rattrapée et suivie, puis guidée jusque-là après l'heure d'ouverture.

— Donc…

— Donc on n'atteindra pas la station ! Tout le monde pense que ces cabines sont vides, j'ai tourné le panneau juste pour toi.

J'hésite entre la colère et l'incompréhension, mais Romain ne me laisse pas le temps de choisir.

— Je savais que tu ne me laisserais pas te parler tranquillement de Pia.

— Revoilà Pia…

— Et même te parler tout court…

Je croise les bras, ce qui est loin d'être aisé en combinaison de ski, je vous le certifie.

— Je n'ai aucune envie de t'écouter.

— Pauline…, dit-il en tentant de passer une main sur ma joue. Ma mère a abusé : je ne savais pas que Pia serait là. Tu penses bien que je t'aurais prévenue !

— Peu importe ! Quelles chaleureuses retrouvailles, vous n'en finissiez plus de vous décoller !

— Je ne l'ai pas revue depuis des années ! J'étais simplement scotché.

— …

— De stupeur ! Totalement glacé…

Je me tourne vers la fenêtre et l'envie de me boucher les oreilles m'effleure, mais les moufles, tout ça… La nuit qui nous entoure ajoute quelques nuances étranges à l'ambiance.

— Tu m'entends, Pauline, je suis resté pétrifié sachant que tu allais te sentir blessée !

— Blessée ? Mais c'est bien pire que ça ! Je suis venue me perdre ici à cette fête organisée par ta mère qui me déteste sans raison pour te faire plaisir, et cerise sur le gâteau, je tombe sur Simone Pérèle !

— Qui ?

— Oh ! Pia, si tu préfères !

— Je te le répète, j'ignorais qu'elle serait là, Pauline. Tu m'écoutes ?

La main de Romain sur mon bras me fait sursauter.

— Tu veux bien m'écouter ?

— Et cette pirouette… Tu te rends compte que tu m'as demandée en mariage pour essayer de rattraper la situation ? Je crois que c'est ce qu'il y a de plus vexant.

— Pauline…

— Pia est tellement drôle par-ci, Pia est championne d'échecs par-là. Et Pia sait faire le grand écart, Pia sait décortiquer ses crevettes avec des couverts…

— Tu as terminé ?

— …

— Tu me laisses en placer une ?

Je râle en saisissant un toast.

— Voilà pourquoi je me suis dit que te coincer ici serait la meilleure des solutions pour…

— Oh, je suis une grande fille, ne te donne pas tant de mal ! Je vais me remettre de cette humiliation… Dans une douzaine d'années, je suis certaine que j'en rirais jaune.

Romain ouvre la bouteille de champagne et me tend un gobelet.

— Te coincer pour te faire ma demande, Pauline, peux-tu s'il te plaît me laisser faire cette demande une fois pour toutes ou est-ce au-dessus de tes moyens ?

Il agite sous mon nez un écrin marine tout recouvert de velours.

— Quoi !

— Quoi, quoi ? répond Romain.

— Quoi ?!

Il ouvre la petite boîte, un solitaire me fait de l'œil et se retient de se jeter à mon annulaire.

— Alors, Pauline ?

— Oui ! C'est oui ! Un grand oui !

— Enfin…

— Tu avais réellement prévu de me demander en mariage ?

Il penche la tête plusieurs fois vers l'avant.

— En tête-à-tête dans la chambre, oui…

Je soupire.

— Mais…

— Mais quoi, Pauline ?

— Tu réalises que je n'ai pas autant de qualités que Pia la fabuleuse ?

— Tu n'es peut-être pas agrégée de philosophie, tu ne sais pas faire le grand écart, tu manges tes crevettes comme un cochon, mais oui, que cela te surprenne ou non, c'est bien avec toi que je veux passer ma vie. Ça fait deux mois que je me dis que je vais profiter du réveillon pour te faire ma demande, même si, à bien y réfléchir, ce n'était pas l'idée du siècle de mélanger « Caraïbe et Laponie » avec le mariage.

Je termine mon gobelet de champagne éventé et me penche doucement vers Romain. Lui non plus ne sait pas faire le grand écart. Il a souvent de drôles d'idées, c'est le plus maladroit des hommes que je connaisse, et question crevettes, il n'est pas bien doué non plus. Mais il m'entoure à l'aise de bras dans lesquels je me sens bien, c'est aussi simple que ça.

— Pauline…, reprend-il, ce réveillon bizarre au-dessus du vide, dans l'obscurité et le froid, et avec un pique-nique de fortune, c'est tout ce dont j'ai besoin, pourvu que je sois avec toi.

Il passe la bague à mon doigt. Les jumeaux avaient tort, Martoni ne bluffait pas.

Soudain la cabine se met à tanguer, interrompant notre baiser. Je n'ai pourtant pas l'impression que le moteur se soit remis en marche ? Nous percevons des grincements, puis comme des coups… comme… des pas ?

La trappe au-dessus de notre tête s'entrouvre, une lampe torche nous aveugle, et je mets quelques secondes à distinguer la personne qui la tient.

— Ne vous inquiétez pas, vous êtes sauvés ! Je gère la situation ! hurle une Pia échevelée.

Romain pince les lèvres, remplit à nouveau nos gobelets et avance le sien pour trinquer.

— Ma mère a peut-être omis de te vanter son titre de championne de France d'escalade.

CHRISTMAS THÉRAPIE

*

Marianne Levy

Sam Miller voulait la peau de Harry Houdini. Il souhaitait à la star des contorsionnistes de décéder des complications d'un lumbago aigu. Dans la toundra de Laponie. Une immensité glacée où personne, jamais, ne serait témoin de ses exploits. Et où il en serait réduit à faire son cirque en grelottant devant quelques rennes blasés qui n'applaudiraient même pas, car ils ne s'étonnaient plus de rien depuis longtemps au pays de Santa Claus…

Le Dr Sam Miller savait que Sigmund Freud aurait trouvé qu'il avait un gros problème. Pas seulement parce que l'artiste était mort depuis près de cent ans.

Mais il aurait eu tort.

Dans une chambre cosy du cottage du Kent où il s'apprêtait à fêter Noël, Sam se dit, en dégustant un deuxième verre de lait de poule trop chargé en whisky, qu'il avait trois gros problèmes, en fait.

Par ordre croissant d'importance :

– Une imagination fertile très axée sur la torture d'illustres personnages chaque fois qu'il était victime d'une poussée d'anxiété.

– La naïveté d'avoir cru que les « conneries » de Houdini étaient réalisables sans échauffement. Et tenté de plier en deux son squelette d'un mètre quatre-vingt-neuf pour découvrir à travers la serrure de la porte l'identité de la fille dans la chambre d'à côté avec laquelle il allait devoir réveillonner.

– La faiblesse de s'être laissé berner l'an passé par un mirage de Noël. Il était tombé dans le panneau à cause d'une pseudo Cendrillon présentant une ressemblance troublante avec Ginger Rogers et une prédisposition au bonheur terriblement contagieuse.

Il faut reconnaître que Sam avait eu des circonstances sacrément atténuantes. Sinatra, Manhattan, la neige qui soudain virevolte et cette blonde… cela faisait beaucoup de clichés pour un seul homme. Sam se dit que les clichés étaient des trucs super dangereux. Et pas seulement dans les histoires.

La preuve, il avait mis l'année à s'en remettre. Heureusement, ce cauchemar était derrière lui. Pour arriver à surmonter son trauma, il s'était d'abord débarrassé de sa collection de comédies musicales. S'il suffisait de faire des sauts de chat en poussant la chansonnette pour rencontrer l'âme sœur, 55 % de ses concitoyens britanniques ne passeraient pas leurs soirées à errer sur Tinder…

Ensuite, il s'était imposé une discipline de fer pour retrouver sa contenance de scientifique de renommée mondiale, sujet de Sa Majesté la reine d'Angleterre. Tous les matins, il franchissait la porte de son cabinet de Chelsea à huit heures et n'en sortait jamais avant la nuit tombée. Il courait ensuite sept miles le long de la Tamise. Filait sous une douche écossaise. Enfilait une robe de chambre en tartan. Se réchauffait un fish and chips au micro-ondes. Se brossait les dents peinard en imitant Elton John. Prenait place dans son fauteuil club avec un thé pour suivre des matchs de cricket de troisième division. Et finissait par s'endormir devant une adaptation d'Agatha Christie. Un crime. Un détective. Des suspects. Jamais de violons. Pas de couchers de soleil. Ni de baiser.

La définition du bonheur.

Début décembre, Sam avait frôlé la rechute. Londres était en proie à l'hystérie de Noël. Les habitants se shootaient au vin chaud en chantant l'air béat des *Christmas Carols.* Des chansons débiles qui, en gros, promettaient un soir de bonheur. Sam prenait sur lui pour ne pas interrompre les groupes qu'il croisait et leur demander ce qu'ils comptaient bien faire des trois cent soixante-quatre jours restants... Heureusement, en flânant chez un bouquiniste du côté de Camden Market, le plus grand marché aux puces de la ville, il était tombé sur un livre merveilleux. *Le Guide de survie en milieu romantique pour l'homme britannique* signé par un certain Roger Tarp. Un type injustement méconnu selon Sam, convaincu que ces écrits relevaient de l'œuvre d'utilité publique.

Dans ces pages, l'auteur développait en effet une théorie fascinante. Selon lui, la relation de couple était avant tout une affaire scientifique. La preuve durant plus de dix-neuf siècles, les unions arrangées avaient eu le mérite de réduire les attentes des fiancés. Au grand maximum, elles promettaient un lit, des enfants et de longues soirées d'hiver à commenter la hauteur des flammes devant la cheminée. « Un programme formidable si l'on acceptait d'ouvrir un peu son esprit », s'était dit Sam. Une découverte qui l'avait même réconcilié avec Imogene. Pour fêter cela, sa sœur lui avait pardonné sa défection de l'an passé et à nouveau invité pour Noël.

Sam avait accepté. Non seulement, il ne risquait rien, car il n'y avait pas d'ascenseur dans la maison du Kent où se tiendrait son réveillon. Mais en plus, Imogene réunirait probablement une belle brochette de célibataires désœuvrées qui lui permettraient de s'entraîner à ouvrir son esprit.

Une aubaine.

Coûte que coûte, Sam était prêt à en finir avec un siècle de propagande Disney.

Enfin, c'est ce qu'il s'était répété depuis le matin même en quittant Londres pour rejoindre le cottage familial. En l'accueillant, Imogene, plus épanouie que le majestueux sapin qui s'élevait dans le hall, lui avait promis qu'elle s'était surpassée. La jubilation qu'il avait lue dans ses yeux indiquait clairement qu'elle ne faisait pas référence à la dinde bio qu'elle s'était sûrement appliqué à cramer.

Sam s'était dit qu'il aurait dû pousser ses recherches. Peut-être y avait-il une raison pour laquelle Roger Tarp était demeuré un essayiste anonyme ? L'accolade très emphatique que lui avait ensuite donnée son beau-frère, enfermé dans un kilt, ne l'avait pas rassuré.

Elle laissait présager le pire.

Sam se demanda s'il existait pire que le pire ?

C'est-à-dire que les neuf années de réveillons new-yorkais qu'il avait supportées. « *Fuck,* Sam Miller, cette fois-ci, vous êtes cuit ! » lui aurait probablement lancé Ida Berkowitz sur laquelle, ce soir, il ne pourrait même pas compter…

***

Toute la nuit dans l'avion, Lisa, coincée contre le hublot par Ida Berkowitz qui ronflait les bras grands ouverts comme une bienheureuse, avait essayé d'établir la liste des raisons pour lesquelles elle n'aurait jamais dû accepter la proposition de la vieille dame.

Son rôle de quinzième flocon dans l'adaptation de *La Reine des neiges* à Broadway. Son job de serveuse remplaçante dans le plus vieux *diner* de la ville. Sa coloc' qui devrait réveillonner seule dans leur appartement de poche avec vue imprenable sur la morgue de Brooklyn…

Non, vraiment, elle avait trop à laisser derrière elle.

Sans parler de la fin tragique de Violetta dans *La Traviata*.

C'est ce que Lisa avait répondu à Ida la première fois que la vieille dame lui avait proposé d'arrêter de se droguer à l'œuvre intégrale de Jane Austen et de passer à l'action. Mais Ida, en révolutionnaire expérimentée, n'avait rien lâché. Même lorsque la neige avait commencé à blanchir les trottoirs de Manhattan et que New York, saisie par la frénésie des achats de Noël, était devenue un embouteillage géant.

Chaque jour, elle avait débarqué au *diner* où Lisa travaillait. Chaque jour, elle avait commandé un double whisky pour se réchauffer et fait glisser sur le comptoir un billet d'avion pour Londres en guise de règlement. Chaque jour, Lisa l'avait poliment remerciée en répondant qu'elle ne pouvait pas l'accepter.

Le 22 décembre, Ida avait explosé.

— *Kid*, normalement les erreurs de jeunesse, c'est bien. Même indispensable, avait-elle commencé. Mais il existe une considérable différence entre une erreur et une connerie monumentale. Je sais ce que tu penses. Tu penses : « Je suis jeune. J'ai la vie devant moi. Un gars comme lui, il y en aura d'autres. » Moi, je te le dis, *kid*, il n'y en aura pas. Dans dix ans, tu te demanderas si tu n'aurais pas dû prendre le risque d'aller faire un tour de l'autre côté de l'Atlantique ; dans vingt ans, tu regretteras de ne pas y être allée à la brasse, et quand tu auras mon âge, tu comprendras enfin la différence entre un regret et un remords. Et donc pourquoi Verdi casse encore la baraque avec son opéra !

La tirade avait fait son effet et Lisa sa valise.

***

Sam se pencha à nouveau. À travers la serrure, il lui sembla distinguer une chevelure brune. Mais le marteau-piqueur qui s'acharnait en bas de son dos lui signala qu'il devait cesser son entreprise d'espionnage artisanal s'il voulait éviter de rester bloqué. Il avala un cachet antidouleur avec une gorgée de lait de poule et se laissa tomber dans le fauteuil devant la cheminée.

Peut-être était-ce l'effet du feu qui crépitait ? De la bergère et du berger qui, sur le papier peint lilas, semblaient vivre un truc romantique très fort ? Du givre qui courait sur les fenêtres ouvrant sur une campagne anglaise plus charmante que dans un téléfilm de Noël de la BBC ? Ou la combinaison de l'alcool et du calmant ? Sam sentit ses forces l'abandonner. Il n'arrivait plus à chasser le souvenir du dernier réveillon new-yorkais qu'il croyait pourtant avoir réussi à oublier.

— Pas mal ! avait commenté Lisa à l'issue de leur premier baiser sur le huitième banc du parc de Brooklyn quand la neige s'était mise à tomber.

— Pas mal ? Vous rigolez, j'espère, avait répondu Sam qui ne s'était pas laissé démonter.

Il venait de battre Steve McQueen à plate couture. Une performance plus efficace pour l'ego que cinq ans de psychanalyse…

— Je suis sûre que vous pouvez mieux faire, avait-elle continué.

Il s'était dit que cette fille était dingue. Mais dingue du genre adorable.

— Vous me défiez, là ? avait-il demandé.

— Je vous défie ! Rassurez-moi, vous ne seriez pas du genre trouillard ?

— J'ai survécu suspendu dans le vide entre le dix-septième et le dix-huitième étage d'un building, je suis sorti vivant de huit années de rendez-vous arrangés et j'aurais la trouille ? Non, désolé de vous décevoir, votre proposition ne me fait pas peur. D'ailleurs, il me reste vingt-quatre heures à passer à New York, je vais être grand seigneur, je vous les offre.

Lisa avait accepté le cadeau et essayé de le prendre en défaut à l'aide de l'une de ses listes magiques : *15 endroits où il faut s'embrasser dans Manhattan*. Mais Sam avait tenu le coup. Dans une calèche de Central Park, il s'était senti plus fort que Warren Beatty. Au sommet de l'Empire State Building, meilleur que Cary Grant. Et, en l'enlaçant sur le pont d'un ferry, sous le regard protecteur de la statue de la Liberté, il s'était pris pour Robert Redford.

À la fin de ce marathon romantique, Lisa avait été impressionnée par sa science du baiser cinématographique. Et, lui, Sam avait eu envie d'appeler Ida Berkowitz pour lui demander un tuyau. Que savait-elle précisément du coup de foudre ? Existait-il des études un peu sérieuses sur le sujet ? L'inhibition n'était-elle pas finalement un truc terriblement dangereux ? Comment réagirait une jeune femme si, pure hypothèse bien sûr, un homme respectable montait sur une scène de Broadway avant que le spectacle commence, éclaircissait sa voix et disait : « Mesdames, messieurs, pardonnez mon intrusion mais il se trouve que j'ai choisi cette soirée pour demander à la femme que j'aime, qui est assise là-bas au milieu du quinzième rang, si elle accepte de devenir ma fiancée » ?

Mais il n'avait pas le numéro de la vieille dame et, finalement, l'heure du petit déjeuner était arrivée. Ils s'étaient embrassés devant chez Tiffany. Puis, derrière le comptoir du *diner* où elle officiait, Lisa lui avait préparé les meilleurs pancakes de son existence. En les dégustant, ils avaient essayé de faire comme si de rien n'était. C'est-à-dire, comme si l'Atlantique n'était qu'un ruisseau et qu'une relation longue distance avait la moindre chance de fonctionner.

Longtemps, elle était demeurée sur le trottoir. Dans le taxi, Sam l'avait vue rétrécir, devenir minuscule, puis disparaître dans la foule. Un mois plus tard, il n'avait toujours aucune réponse à ses mails. Fin février, il n'avait pas eu besoin de faire une liste pour comprendre qu'il n'en aurait jamais.

***

Lisa fixait paniquée l'aiguille du compteur flirter dangereusement avec la vitesse maximum. Au volant, Ida Berkowitz, plus zen que le dalaï-lama, tentait d'allumer un cigare. La Mini Austin progressait à toute vitesse dans la campagne anglaise. Il était à peine dix-neuf heures. Mais la nuit était déjà tombée depuis longtemps. On n'y voyait pas à trois mètres.

— Ida, vous êtes vraiment sûre que rouler au milieu de la route est une bonne idée ?

— Une idée de génie, oui ! Ni à droite, ni à gauche, au milieu ! Le consensus est un art, je ne comprends pas pourquoi personne en Europe n'a eu cette idée…

— Et le consensus, il en dirait quoi du truc non identifié qui traverse juste là DEVANT ?! hurla Lisa.

— Relax, *kid*, je gère, répondit Ida en évitant d'un coup de volant un bon gros mouton décidé à aller réveillonner dans le champ du voisin.

Le cœur de Lisa fit un bond. Elle risquait de terminer sa courte existence dans un fossé avec une octogénaire américaine résolue à faire la révolution en Angleterre… D'une certaine manière, pensa-t-elle, elle mourrait pour défendre une conviction politique.

Ce qui était largement moins pathétique que de mourir d'humiliation.

Elle n'aurait jamais dû faire ce voyage.

À vue de nez, il y avait trois milliards et demi d'individus de sexe féminin sur la Terre. À vue de nez toujours, elle devait bien être l'avant-dernière qu'il ait envie de revoir…, se dit-elle, en repensant à l'année écoulée.

Le taxi avait à peine disparu dans les rues de Greenwich Village qu'elle rédigeait déjà la liste de ce qu'elle devait maîtriser pour mettre toutes les chances de son côté avec Samuel Miller. Parmi les priorités de Lisa : apprendre par cœur le répertoire des Beatles, connaître toutes les pièces de Shakespeare, se sevrer des films avec Hugh Grant… Parvenue au bout des cent points mi-janvier, elle avait aussi binge-watché dix fois *Downton Abbey* par mesure de précaution. Et avalé des quantités inhumaines de haggis, panse de brebis farcie au cœur de mouton, et de gelée rouge pétard pour être certaine de survivre à son premier dîner romantique britannique.

Elle voulait être prête pour épater Sam lorsqu'il se manifesterait. Car même si les heures, puis les jours, puis les semaines, puis les mois étaient passés, elle en était certaine, il finirait par se manifester. En juin, elle avait commencé à douter de la pertinence de la stratégie de séduction mondialement connue sous l'appellation : « Fuis-moi, je te suis ». Elle n'avait toujours aucune nouvelle de Sam. Elle commençait à se demander s'il n'avait pas trouvé une autre fille à impressionner de l'autre côté de l'océan. En septembre, elle avait fait ce que toute jeune femme raisonnable aurait fait depuis longtemps. Elle s'était mise à sillonner Facebook H 24 à la recherche d'un certain Samuel Miller.

Elle avait fini par tomber de sa chaise en tombant sur son profil. Le Sam de Londres n'avait plus rien à voir avec le Sam de New York. Sur sa photo, il était toujours aussi craquant que Colin Firth. Mais les trois mots qui le présentaient beaucoup moins.

Love is overrated.

En VF, cela sonnait moins bien mais c'était toujours aussi consternant.

L'amour est surestimé.

Elle avait découvert qu'il était membre d'un groupe fermé intitulé : *Roger Tarp fans*. Il n'avait pas le temps de lui donner signe de vie mais, à en croire le nombre de ses commentaires, passait au moins une heure par jour sur Facebook à disserter sur sa condition d'homme britannique cherchant à survivre en milieu romantique.

Intriguée, Lisa s'était procuré le fameux guide. Atterrée par son contenu, elle s'était créé un profil sous le nom de Fred Austerlitz et avait espionné les conversations. Elle avait bien conscience qu'il fallait être une grande malade pour faire un truc pareil. Mais il fallait l'être encore davantage pour atteindre le degré de schizophrénie du Dr Sam Miller.

Début décembre, Lisa avait fini par craquer. Elle s'était immiscée dans un échange.

Un certain Ralf078 qui allait passer Noël à Londres avec sa fiancée avait demandé au groupe quelle était la liste des choses les plus affreusement romantiques à éviter. Sam n'avait pas mis deux secondes à répondre.

Sam Miller
Ralf078 Je vais vous donner un tuyau, mon vieux. Demandez-vous plutôt ce qu'il faut absolument faire.

Ralf078
Sam Miller ???

Sam Miller
Ralf078 emmenez-la voir *La Traviata* à Covent Garden. Il n'existe pas de meilleur vaccin contre l'idée saugrenue que l'amour rendrait heureux...

Ralf078
Sam Miller plus de places : //

Sam Miller
Ralf078 je suis membre donateur de l'opéra, je peux vous avoir deux billets.

Fred Austerlitz

Sam Miller un vaccin contre l'amour ?!? Totalement lâche et simpliste comme solution !

Sam Miller

Fred Austerlitz soit vous ne connaissez pas la définition de simpliste. Pour info : Qui simplifie abusivement la réalité et en donne une représentation plus ou moins erronée. Soit vous avez abusé de Walt Disney. Dans les deux cas, vous avez ce qui s'appelle un problème.

Fred Austerlitz

Super Lol **Sam Miller** !!! Soit vous ne connaissez pas la définition d'arrogant. Pour info : Qui manifeste un orgueil excessif par des manières insolentes, méprisantes, hautaines. Soit vous allez finir comme un vieux garçon ratatiné et amer. Parce que même la fille que vous aurez choisie parce que vous ne l'aimez pas préférera terminer sa vie comme Violetta.

Sam Miller

Je ne suis pas du genre qui super Lol **Fred Austerliz** Restons-en là.

Et Fred/Lisa ne s'était plus manifestée… Mais elle était sérieusement inquiète sur le genre de substances que Sam consommait sûrement dès le petit déjeuner.

***

Sam se pencha à nouveau.

La brune venait de se retourner. Et ça, c'était une tuile.

Oh, mince !

Il allait donc passer la soirée avec Lucia. Une fille qui avait manifestement de la suite dans les idées. Elle tentait sa chance pour la troisième fois après deux réveillons new-yorkais catastrophiques à la table d'Imogene.

La première fois, elle avait pleuré toute la soirée, très affectée par la faim dans le monde. Entre ses sanglots abondants, elle avait repris trois fois de la dinde, quatre de la purée de marrons, accepté de terminer la bûche et de se sacrifier pour ne pas laisser de mignardises à Alexeï, le garçon d'ascenseur.

La deuxième, elle s'était mis en tête de réussir à lui prouver qu'on pouvait survivre à New York sans aucun sous-vêtement par moins quinze degrés. Ce qui n'était pas faux mais pas forcément beau à voir, cependant. Dans son cas à elle, c'était même effrayant. À cette occasion, Sam avait appris que la profession d'esthéticienne nécessite un certain talent.

Tonight's gonna be a good night!

Dans la chambre d'à côté, le téléphone de Lucia s'était mis à hurler les Black Eyed Peas.

« Hey, joyeux Noël ! » l'entendit-il s'exclamer.

…

« Non. Je ne suis pas à New York, malheureusement, mais dans un trou perdu au milieu de l'Angleterre… »

…

« Ce que je fous là ?! »

…

« Hi, hi, je suis venue chercher mon cadeau ! Tu te rappelles du doc Freud que je chasse depuis six ans ? Eh ben, il se pourrait que ce soir, je puisse enfin l'emballer. Je ne te remercierai jamais assez de m'avoir conseillé de suivre tes classes de sexe yoga ! Le truc, c'est qu'il faut que je survive au dîner sans mourir d'ennui. Et c'est pas gagné, il me bassine toujours avec la poésie de Ginger Rogers et le pas aérien de Fred Astaire… Sérieusement, qui sur Terre s'intéresse encore à des conneries pareilles ? »

Terrorisé par l'interprétation très particulière de la salutation au soleil, du sphinx et autres postures que Lucia avait en tête, Sam fit ce qu'il lui restait à faire. Il expédia l'essai de Roger Tarp dans la cheminée. Il se resservit un dernier verre de lait de poule en le regardant se consumer. Il enfila son pardessus sur son smoking, prit ses clés et ouvrit la fenêtre de la chambre à coucher. Il évalua la situation. La neige qui tombait sans discontinuer depuis le matin limiterait la casse. Il ferma les yeux et se laissa glisser sur le toit du cottage. La végétation amortit sa chute. Il se dirigea le plus discrètement possible vers sa Range Rover, démarra et s'enfonça lentement dans la nuit.

***

Sam Miller en était certain, quand son cauchemar serait terminé, il se lancerait dans l'écriture d'un *Guide de survie de l'homme britannique à Noël.* Sa colonne vertébrale lui envoyait des signaux de détresse, le lait de poule au whisky brouillait ses neurones, les chutes de neige ressemblaient de plus en plus à une tempête et, lui, faisait tout ce qu'il pouvait pour convaincre un mouton de regagner sa bergerie.

Au milieu d'une route de campagne, certainement très bucolique en d'autres circonstances, le ruminant, impassible, fixait Sam en mâchonnant un brin d'herbe congelé, le menu de son réveillon. Appel de phares, coups de Klaxon… Rien n'y avait fait. Il n'avait pas bronché. Même lorsque Sam avait ouvert la vitre et entonné un puissant *Let it snow!*

En désespoir de cause, il était sorti de sa voiture, avait manqué de briser son dos pour de bon en glissant sur une plaque de verglas et entamé une consultation avec le mouton. Il avait écourté les présentations. Juste précisé qu'il était psy, que d'habitude il s'occupait des êtres humains mais qu'il était OK pour discuter un peu avec lui, si cela pouvait lui faire du bien, et surtout le convaincre de regagner le champ qu'il n'aurait pas dû quitter… Contre toute attente, c'est le mouton qui l'écouta en hochant la tête de temps en temps. Sam déballa alors l'incroyable enchaînement de circonstances qui l'avait conduit jusqu'à lui. Il pesta contre Houdini qui lui avait fait présumer de ses forces. Non, un type comme Sam n'était pas capable de se contorsionner pendant deux heures pour espionner à travers une serrure et en sortir indemne… Quand il en vint à Lucia, le mouton bêla d'effroi. Sam se sentit compris. Il caressa la tête de son nouvel ami.

Soudain, il aperçut deux gros yeux jaunes qui fonçaient dans leur direction. Le lait de poule diminuant considérablement son temps de réaction, il mit une minute à comprendre qu'un véhicule déboulait à toute vitesse.

— Bambi, c'est le moment de bouger, conseilla Sam au mouton.

L'animal ne dut pas apprécier ce petit nom, car il demeura immobile. Sam, qui s'était attaché à lui, ne voulait pas qu'il termine sa vie en gigot de Noël. Il se releva et commença à faire de grands gestes pour éviter l'accident.

In extremis, la Mini Austin pila. Deux silhouettes familières en sortirent. L'une d'elle était un clone de Lisa emmitouflé dans une maxi doudoune et l'autre celui d'Ida Berkowitz en fourrure léopard. Sam se dit qu'il était forcément arrivé au paradis sans passer par la case hôpital. Hésitant, il fit un pas vers elles.

— Lisa ? C'est vous, Lisa ?

— Si la Lisa dont vous parlez est la fille à laquelle vous n'avez pas donné la moindre nouvelle depuis Noël dernier, oui alors, c'est moi.

Sam, estomaqué, se rebella :

— Quelle est exactement l'idée, là ? Torturer un pauvre type qui n'a rien demandé ? Ne vous fatiguez pas, je suis passé à autre chose.

— Ah ça, j'avais remarqué… assez rapidement même. Du jour au lendemain, pas un mot, pas une lettre, rien. La définition d'un gentleman, répondit Lisa.

— Le déni évidemment. Vous étiez trop occupée à compter le nombre d'orgasmes sur Terre. Du coup, quand vous avez reçu un mail qui parlait d'amour, vous l'avez ignoré ?

— Un mail ? Quel mail ? Pas même un coup de téléphone, ni de pigeon voyageur…

Elle était devant lui à présent. Sam se retint de la toucher pour ne pas risquer de mettre un terme prématuré à ce qui ressemblait à un rêve éveillé.

— Cinq mails. Je vous ai envoyé cinq mails, répliqua-t-il. Les deux premiers étaient aimables. Très aimables. Il me semble que l'un d'entre eux était assorti d'une invitation pour le Nouvel An à Londres. Le troisième était inquiet. Le quatrième très inquiet. Le cinquième disait adieu à LisaAStarIsBorn@gmail.com.

— LisaAStarIsBorn ?!

— Exactement.

— On dit merci qui, *kid* ? intervint Ida tout sourire en allumant un nouveau cigare.

— Merci, madame Berkowitz.

— Ida, chérie, Ida.

— Merci, Ida, dit Lisa en déposant un baiser sonore sur la joue froissée de la vieille dame qui avait éclaté de rire.

— Heureux d'avoir au moins pu vous divertir, dit Sam qui ne comprenait plus rien.

— Mon mail est… LisaABigStarIsBorn@gmail.com ! Quelque part sur Terre, il y a une autre Lisa qui doit vous chercher partout. Il n'y avait rien de trop perso dans vos mails, au moins ?

Sam se repassa en accéléré le fil de tous les messages qu'il avait envoyés. Soudain, il se souvint qu'en désespoir de cause, il avait joué la carte de l'humour. Et adressé à Lisa un selfie *duckface* un chouia dénudé. L'idée qu'une photo de lui le torse nu huilé et coiffé comme Santa Claus soit en libre circulation sur Internet et puisse donc être reproduite à la chaîne dans des usines de boules de Noël ou, pire, au fond de verres de saké, lui donna des palpitations.

Il commença à tituber.

— Hé, ho ! s'exclama Lisa en se précipitant vers lui pour l'embrasser. Vous ne croyez tout de même pas que je vais vous réanimer tous les ans ?

— Je pensais plutôt à tous les jours…, répondit Sam en la prenant dans ses bras.

— OK, mais à une condition : vous n'auriez pas une petite place en rab' pour *La Traviata* ?

— Vous… Vous ne… seriez pas Fred Austerlitz, par le plus grand des hasards ?

— En personne !

D'étonnement, Sam Miller ouvrit grand les yeux, sourit, puis, en perdant connaissance pour de bon, il pensa « Merci, Harry ! Joyeux Noël, vieux ! »

CHRISTMAS LATTE

*

Marie Vareille

Je versais le lait mousseux sur le café goutte par goutte, la main crispée sur la tasse comme si ma vie en dépendait. Le dessin prenait forme, j'allais enfin y arriver. Un sourire de triomphe naissait déjà sur mes lèvres quand la porte de l'entrée claqua ; je sursautai et une grosse tache de lait vint gâcher mon œuvre. Je poussai un soupir de découragement et contemplai avec frustration les cinq mugs de café au lait posés sur la table de la cuisine. Depuis que je m'étais découvert une passion pour le latte art, phénomène à la mode qui consistait à esquisser des dessins dans la mousse des cappuccinos, je passais mes soirées à m'entraîner. Mais, malgré le tutorial YouTube visionné dix-neuf fois d'affilée, mes créations du jour ressemblaient plus au mont Saint-Michel après le passage d'une météorite qu'au sapin de Noël que j'avais voulu y représenter.

Charles fit irruption dans la minuscule cuisine et détailla le désordre qui y régnait avec effroi avant de s'emparer d'une des tasses. Il l'examina avec un sourire amusé.

— Laisse-moi deviner, tu as dessiné un spéculum, c'est ça ?

Ces échecs m'avaient mise de mauvaise humeur, et je lui pris le mug des mains sans ménagement.

— Bonsoir à toi aussi ! dis-je sèchement.

Il haussa un sourcil et alla accrocher son manteau à la patère de la porte d'entrée. Je le vis jeter un coup d'œil à son téléphone, pianoter quelque chose et le glisser à nouveau dans sa poche.

— Au fait, dit-il, tu as pensé à emballer les cadeaux pour demain ?

Je posai les tasses dans l'évier d'un geste brusque.

— Je n'ai pas eu le temps. Tu as appelé l'agence pour la fissure dans notre chambre ?

— Tu avais dit que tu t'en occuperais, fit-il remarquer en revenant dans la cuisine.

— Pas du tout ! Je t'ai demandé de le faire.

Il poussa un soupir, déroula son écharpe et la posa sur le dossier d'une chaise. Bien qu'il ait l'habitude de travailler la nuit, ses yeux étaient cernés et il manquait dans son regard clair cette étincelle que la tendresse y allumait d'ordinaire.

Il posa sur la table une boîte en carton, passa rapidement l'éponge sur les taches de café froid et sortit deux assiettes et des couverts.

— J'ai rapporté des spaghettis de l'italien en bas.

Je le regardai faire, étrangement exaspérée par son calme. Il s'assit et servit les pâtes d'un geste élégant avant d'y planter sa fourchette.

— Tu devrais manger avant que ça refroidisse.

En temps normal, je pouvais passer des heures à l'observer manger des spaghettis. La grâce déconcertante avec laquelle les pâtes s'enroulaient autour de sa fourchette me fascinait. J'étais en couple avec l'homme qui murmurait à l'oreille des spaghettis. J'avais une chance inouïe. Mais pas ce soir.

— Arrête de faire la tête, Val.

— Je ne fais pas la tête, répondis-je en m'asseyant.

Et je plantai ma fourchette dans mes pâtes bolognaises comme si j'essayais de les assassiner.

— Si, tu fais la tête… J'appellerai l'agence demain.

— Demain ? Le 24 décembre ? Tu crois vraiment qu'ils vont venir réparer le plafond ?!

— Ce sera début janvier, alors, dit-il agacé, on ne va quand même pas se disputer pour ça !

J'engouffrai les pâtes. En réalité, je me fichais pas mal qu'il ait appelé l'agence ou pas. J'étais davantage irritée par les vibrations de son téléphone dans sa poche. J'étais furieuse qu'il ait manifestement oublié l'anniversaire de notre rencontre que nous devions fêter ce soir avec un jour d'avance et enfin, j'étais vexée par ma tentative gâchée de latte art. D'autant plus que mon CDD au Café Éphémère des Galeries Parisiennes se terminait le lendemain et qu'avec lui se volatilisait ma dernière chance d'impressionner mes clients en dessinant un sapin de Noël dans leur café.

— Ce n'est pas grave, ce ne sont que des dessins dans du café, Val, soupira Charles comme s'il avait lu dans mes pensées.

Et pour la quatrième fois depuis qu'il était rentré, il consulta son téléphone. Fulminante, je laissai la fourchette retomber dans l'assiette.

— Si, c'est grave ! Tu n'es pas capable de comprendre que c'est important pour moi ?! Si tu en avais quelque chose à faire de moi, tu saurais que ce n'est pas « juste des dessins dans du café ». Sans compter qu'on avait prévu de fêter l'anniversaire de notre rencontre ce soir et toi, tu ramènes des pâtes moisies de l'italien !

— Quoi ?! Arrête, ce n'est pas vrai, je…

— Si, c'est vrai ! Et puis, on parlait de faire un bébé et maintenant, tu évites le sujet !

Il leva les yeux au ciel.

— Tu changes d'avis toutes les semaines ! Il y a un mois, tu as décrété qu'on ne pouvait pas avoir un bébé dans trente-cinq mètres carrés !

— C'est pas parce que je l'ai dit que je le pense !

— Je ne suis pas devin ! Si tu…

Je ne le laissai pas continuer et me mis à débiter un discours totalement incohérent. J'invoquais son autoritarisme stalinien en citant pour preuve le fait que même les spaghettis lui obéissaient aveuglément. Il me dévisageait bouche bée, tenta à deux ou trois reprises d'en placer une, mais je l'en empêchai et partis finalement me coucher (il était 19 h 46) en claquant la porte de toutes mes forces, ce qui, soit dit en passant, n'allait certainement pas améliorer le problème de la fissure au plafond.

Ma colère retomba aussi vite qu'elle était montée. J'attendais qu'il vienne me voir, me prenne dans ses bras, me console. Mais j'entendis les assiettes s'entrechoquer, l'eau qui coulait dans l'évier, puis la porte de l'appartement claqua. Charles était parti.

Notre première dispute avait eu lieu quand, deux semaines après notre rencontre, Charles m'avait avoué qu'il n'était pas réellement cambrioleur, mais veilleur de nuit aux Galeries Parisiennes et que tout ce qu'il m'avait raconté le soir du réveillon n'était qu'un joli conte auquel il s'était étonné que je puisse croire. J'avais appris par la suite qu'il avait beaucoup d'imagination. Sur le moment, cependant, j'avais surtout très mal pris qu'il me mente. Et puisqu'on ne pouvait pas lui faire confiance, je l'avais quitté.

J'avais ensuite appelé Ashley. Elle m'avait écouté me déshydrater à force de pleurer au téléphone puis, au lieu de compatir, m'avait fait remarquer que j'étais complètement débile : 1) d'avoir cru aux histoires fantaisistes d'un inconnu et 2) d'imaginer qu'il était préférable de sortir avec un cambrioleur, aussi gentleman soit-il, qu'avec un homme travaillant aux Galeries Parisiennes, et donc bénéficiant de la réduction spéciale employés sur tous les rayons du grand magasin.

Les arguments d'Ashley et le désespoir que je ressentais à l'idée de vivre sans Charles avaient eu raison de mes doutes. J'étais revenue en courant me blottir dans ses bras. Nous nous étions promis de toujours nous dire la vérité et avions fait l'amour sur la table pliante de la kitchenette. La rupture avait duré douze minutes et l'amour avait résisté à notre première dispute (contrairement à la table pliante qui, elle, s'était effondrée).

Je m'étais installée chez lui au bout de deux semaines. Tout était allé tellement vite entre nous. Trop vite peut-être. La magie de Noël avait duré jusqu'à l'automne, moment à partir duquel, à la suite d'un dégât des eaux chez les voisins, la fissure avait commencé à se dessiner au-dessus de notre lit et une deuxième dispute suivie d'autres avaient retenti dans le petit appartement. C'était cependant la première fois en un an que Charles partait travailler sans me dire au revoir.

Je dus m'endormir sans m'en rendre compte sur l'oreiller trempé de larmes, car quand j'ouvris l'œil, le réveil affichait 8 h 12. À côté de moi, la place était vide.

Sur la table de nuit, mon portable vibrait. Je sortis un bras de sous ma couette en frissonnant. Bizarre.

D'habitude, Charles allumait toujours le chauffage en rentrant. Je jetai un coup d'œil à l'écran de mon iPhone. Ma mère. Je reposai le téléphone sur la table de nuit sans décrocher.

Je me redressai sur un coude, tendis l'oreille. Aucun bruit de douche. Charles rentrait pourtant d'ordinaire avant sept heures. Ma mère m'appela trois fois de suite, puis, une longue minute plus tard, une énième vibration m'indiqua qu'elle avait laissé un message vocal.

Il n'y avait que deux personnes de moins de soixante ans en ce bas monde pour laisser encore des messages vocaux : ma mère et Charles. Dans le cas de ma mère, je n'étais pas sûre qu'elle fasse la différence entre mon répondeur et ma vraie personne, dans la mesure où même quand je décrochais, elle ne me laissait pas en placer une. Par conséquent, je n'écoutais jamais ses messages. Quant à Charles, il était tout simplement contre le principe des textos. Il se targuait de n'en avoir jamais envoyé un seul. Le SMS représentait selon lui l'agonie de la culture et la fin de notre civilisation ; les gens ne se parlaient plus, ils s'envoyaient à la place des messages phonétiques à faire rendre l'âme une deuxième fois aux frères Bescherelle.

Je m'étais habituée à cette lubie qui correspondait à l'esprit très dix-neuvième siècle de Charles et quand je lui écrivais, il me rappelait. Mais je ne pouvais m'empêcher de trouver louche le temps qu'il s'était mis à passer sur son téléphone dernièrement.

Je me laissai retomber sur l'oreiller et fixai la lézarde au plafond. S'était-elle élargie ? Le pire, c'est que je l'aimais bien, moi, cette fissure. Je m'y étais habituée. Elle me faisait penser à une rivière qui traversait la steppe de la vallée du grand rift.

Je restai encore un long moment allongée à redessiner l'Afrique au-dessus de mon lit. Je ne travaillais pas le matin. J'avais trouvé un emploi temporaire grâce à l'appel providentiel d'un ange de Noël, c'est-à-dire Chantal, ma responsable de l'année précédente :

« Valentine, j'imagine que vous avez trouvé un travail stable depuis l'année dernière, mais j'appelais à tout hasard pour savoir si vous seriez disponible pour un petit CDD de deux mois jusqu'à la fin de l'année ? Je suis chargée cette année de monter un café éphémère aux Galeries Parisiennes pour les fêtes. Nous avons besoin d'une barista en extra, j'ai tout de suite pensé à vous ! »

J'avais commencé le lendemain.

J'enchaînais les commandes cinq jours sur sept, de quatorze heures à vingt heures sans lever la tête. Toujours debout, courant entre les différentes machines, selon que je devais faire mousser le lait ou enchaîner les expressos. Je dégoulinais de sueur dans la vapeur des percolateurs et pourtant, je m'amusais comme une folle, surtout depuis le jour où Charles m'avait montré un article intitulé « Le latte art affole les réseaux sociaux » et m'avait demandé :

— Cap d'essayer dans tes cafés ?

Le « cap ou pas cap ? » était devenu une plaisanterie récurrente entre nous depuis notre rencontre et, le soir même, Charles et moi avions testé l'art du latte. Lui avait vite abandonné : ses papillons ressemblaient à des cafards et ses tulipes à des pénis. Par ailleurs, pour ne pas gaspiller, nous nous efforcions de boire toutes nos créations et il supportait mal d'avoir dans le sang l'équivalent en caféine de la récolte annuelle d'une plantation de café colombien.

J'avais rapidement maîtrisé les basiques : le cœur, la rosetta, la feuille… et m'étais peu à peu perfectionnée. Je savais désormais esquisser des ours ou des chats dans le chocolat des enfants, des papillons, des fruits, des bouquets… Comme toutes les passions que je m'étais découvertes au cours des années (la gym suédoise, la peinture aux orteils et les abdos de Tom Hardy), je ne voyais pas du tout comment je pourrais transformer mon talent caféiné en projet professionnel. Je prenais en photo chacune de mes œuvres et les envoyais à Ashley qui me répondait à grand renfort d'emoticons cœurs, de pouces levés et de smiley souriants. Au début, je copiais même Charles, mais comme, fidèle à lui-même, il ne réagissait jamais à mes SMS, j'avais rapidement arrêté.

J'appelai Charles trois fois de suite. Il ne répondit pas. Une dizaine de minutes plus tard, quand mon téléphone vibra, je sautai dessus avec la fébrilité d'une adolescente qui attend la réponse de son premier amoureux.

Achète 2 foies gras aux galeries avant venir pour réveillon. Maman.

Suivi de :

Je te rembourserai.

Deux heures plus tard, j'étais passée de l'hypothèse : « il est sans doute allé me trouver le cadeau de Noël idéal » à « il a intérêt à être mort, sinon je ne lui pardonnerai jamais ».

À quatorze heures, heure de mon douzième appel, je tombai directement sur son répondeur. Il avait éteint son téléphone. Je ne pouvais conclure des douze appels en absence et vingt-trois textos restés sans réaction qu'il était vraiment parti. Pour ne pas céder à la panique, j'appelai Ashley.

— Tout n'est pas perdu, dit-elle d'une voix énergique, peut-être qu'il s'est fait voler son téléphone, ou alors il l'a laissé tomber et un camion-poubelle lui a roulé dessus.

— Sur lui ou le téléphone ?! ai-je demandé, horrifiée.

Malgré les tentatives d'Ashley pour me remonter le moral, je savais bien que dans 99,99 % des cas, quand un homme ne répond pas, c'est parce qu'il ne veut pas répondre, pas parce que son téléphone (ou lui-même) s'est fait écraser par un camion-poubelle. Ma mère tenta de me rappeler à nouveau, j'étais beaucoup trop déprimée pour décrocher.

Quand ce fut l'heure de partir pour mon dernier jour de travail, je m'emmitouflai la mort dans l'âme dans mon manteau et laissai un mot sur le frigo, juste au cas où : *Appelle-moi quand tu rentres stp. Bisou.*

Dehors, de gros flocons blancs recouvraient les toits de zinc comme du glaçage sur un pain d'épices. En grelottant, je rentrai le cou dans la triple épaisseur de mon écharpe et accélérai le pas vers le métro. La veille, la lumière scintillante des décorations de Noël m'avait presque enthousiasmée. Officiellement, je détestais toujours autant Noël, mais depuis que j'avais rencontré Charles un soir de réveillon, j'étais prête à remettre en cause mes théories sur l'abomination capitaliste que constituaient les fêtes de fin d'année. Toutefois, ces réflexions optimistes dataient d'avant le moment où la probabilité que je me fasse larguer un soir de Noël passe de nulle à quasi certaine.

Un joyeux bazar régnait dans les rues de Paris. Les gens entraient et sortaient des Galeries Parisiennes les bras chargés de paquets colorés. Alors que j'allais m'engouffrer dans la porte à tambour, je rattrapai de justesse une jeune femme qui manqua s'étaler dans la neige mal déblayée.

— Oh, merci, me dit-elle, j'ai eu très peur.

Elle écarta les plis de son manteau, posa une main sur son ventre rond et me fit un sourire éblouissant de reconnaissance.

Ravie de constater que l'intégralité de l'humanité était folle de bonheur, sauf moi, je passai les portes en soupirant.

Le Café Éphémère se trouvait au dernier étage, sous la coupole de verre qui se recouvrait peu à peu de neige. Un immense sapin se dressait au centre du grand magasin, étincelant d'or et d'argent. Dans les vestiaires du personnel, j'enfilai mon bonnet de Mère Noël et nouai mon tablier rouge et vert par-dessus mon uniforme avant de venir me glisser derrière le comptoir. L'odeur du café se mêlait à celle, caramélisée, des muffins qui accompagnaient les boissons chaudes. Je ne l'aurais admis pour rien au monde, mais j'adorais cette atmosphère réconfortante de chalet en sucre.

Depuis un mois, la file d'attente du café s'étirait chaque jour jusqu'au rayon lingerie et je ne m'arrêtais jamais de servir avant vingt heures. Ce succès inespéré enchantait le directeur des Galeries Parisiennes, m'avait confié Chantal. Les Parisiens étaient manifestement tombés amoureux de la carte improbable où les cappuccinos clémentines-clous-de-girofles côtoyaient les latte pain-d'épices-au-feu-de-bois et les frappés cannelle-pomme-de-pin.

On avait beau être à quelques heures du réveillon, les clients se pressèrent tout l'après-midi devant l'élégant comptoir de bois verni. Le silence de Charles et l'idée de quitter ce travail, le seul qui m'ait jamais intéressée, me mettait d'humeur à dessiner des têtes de morts dans les cappuccinos qu'on me commandait. Charles pouvait-il réellement être en train de me quitter ? Impossible. Nous avions tellement de projets. Ce bébé dont on parlait de plus en plus souvent, trouver un appartement plus grand, prendre des cours de plongée sous-marine… L'idée qu'il puisse partir me glaça et mes mains se mirent à trembler. Un peu de lait mousseux se renversa dans la soucoupe. C'était juste une dispute. Un peu plus grave que les précédentes, mais rien de plus qu'une dispute. Tous les couples se chamaillent.

Les Galeries Parisiennes se vidèrent brutalement à dix-sept heures. Les retardataires se hâtaient vers les caisses encore ouvertes avec leurs cadeaux de dernière minute. Ils disparaissaient en courant à travers la porte à tambour pour se rendre à leur réveillon. Pas de nouvelles de Charles. Ma famille nous attendait. Qu'allais-je leur dire ? Que j'étais seule à nouveau ?

— Valentine, vous passerez me voir quand vous vous serez changée, s'il vous plaît, me dit Chantal alors que je passais l'éponge sur le comptoir.

Même si la fin de mon travail au Café Éphémère était devenue un problème mineur face à la défection de Charles, je sentis une morsure au cœur en me dirigeant pour la dernière fois vers les vestiaires.

Dans mon casier, mon téléphone ne contenait qu'un énième appel en absence de ma mère. Je retins mes larmes. Charles était parti de ma vie de la même manière qu'il y était arrivé : comme un voleur.

Je m'enfermai dans une cabine pour retirer mon uniforme. Tout me rappelait l'année précédente, la cabine d'essayage, Noël, le dernier jour, la déprime… J'en vins à espérer que la porte se bloque de nouveau et que la magie de Noël me ramène un an en arrière.

Quand je revins au café, Chantal m'attendait assise au bar, les sourcils froncés, elle examinait des documents. Le magasin était désormais fermé au public, les lumières seraient bientôt toutes éteintes, à l'exception des guirlandes du sapin.

— Valentine, permettez-moi de vous retenir cinq minutes, figurez-vous que le Café Éphémère, compte tenu de son succès, va devenir permanent !

— Oh ? Vraiment ? Félicitations ! dis-je.

Une lueur d'espoir s'alluma dans un coin de ma tête : peut-être aurait-elle à nouveau besoin d'extras pour Noël prochain ?

— Si c'était possible, j'aimerais bien…, commençai-je.

— Or, me coupa Chantal sans écouter, après enquête auprès des clients, il se trouve que notre succès est principalement dû à votre obsession pour le latte art. Apparemment, l'esthétisme du café est devenu une priorité pour les consommateurs, qui préfèrent boire leur café froid, mais décoré. Si vous voulez mon avis, je trouve cela parfaitement absurde. Toujours est-il que, puisque vos prouesses attirent des clients, nous avons décidé de vous proposer un CDI à temps plein à partir de la rentrée. Qu'en pensez-vous ?

Je restai un instant sans voix. Je m'attendais à tout sauf à ça.

— Bien entendu, il faudra que les Galeries Parisiennes récupèrent la propriété de votre compte Instagram et la marque, une fois déposée, ne vous appartiendra plus.

— Mon compte Instagram ? demandai-je sans comprendre.

J'avais vingt-sept followers et j'avais beau être addict à mon téléphone, je n'y postais qu'une photo sans intérêt et en général floue une fois tous les sept mois… Instagram et moi, ça n'avait jamais fonctionné.

— Je ne vous demande pas de me donner une réponse immédiatement. Voici une proposition de contrat, lisez-le calmement pendant les vacances, je vous appelle après les fêtes.

Je la dévisageai avec des yeux ronds, tandis qu'elle me fourrait un tas de papiers dans les mains.

— Ne tardez pas, ajouta-t-elle en enfilant son manteau, les portes ferment dans un quart d'heure, il paraît que l'année dernière, quelqu'un est resté enfermé à l'intérieur après la coupure d'électricité ! Joyeux Noël !

Je la suivis des yeux sans réagir alors qu'elle disparaissait dans le rayon strings qui menait aux escalators.

Je restais plantée là, bêtement. C'était bien la première fois qu'on voulait m'embaucher à temps plein pour quoi que ce soit. Perplexe, je feuilletai le contrat et tombai sur une section indiquant que la propriété du compte @Valentine_Latte ainsi que la marque du même nom devraient être cédées au Café Éphémère pour sept mille euros.

Je me dirigeai vers la sortie sans rien comprendre, les escalators étaient déjà éteints. Tout en marchant, je saisis mon téléphone, ouvris l'application Instagram et tapai @Valentine_Latte dans la barre de recherche. Je tombai sur un profil où se succédaient des photos de cafés mousseux décorés avec soin. Une méprise. Un coup de chance inouïe : une autre Valentine experte du latte art avait convaincu Chantal de m'embaucher. Ce qui était étrange, c'est que toutes les photos ressemblaient à s'y méprendre aux miennes. Après examen des dix dernières, je dus me rendre à l'évidence : elles ressemblaient à s'y méprendre aux miennes parce qu'il s'agissait des miennes. Le compte avait trente et un mille cinq cent treize followers. Je cliquai sur la dernière image, qui datait de la veille, et lus une cinquantaine de commentaires admiratifs et chaleureux. Ashley avait dû créer ce profil avec les photos que je lui envoyais quotidiennement. Je ne voyais pas d'autres explications.

Je revins sur la page d'accueil et réalisai qu'une nouvelle photo venait d'être téléchargée : sur un café au lait, un demi-cercle tremblotant avait été tracé à la mousse de lait. Une lune ? Les sourcils froncés, j'actualisai, une deuxième photo apparut. Elle était toute aussi ratée que la première, mais cette fois l'artiste avait dû essayer de dessiner une pyramide, une tour Eiffel ou peut-être un sapin de Noël ? En tout cas, il était moins doué que moi.

Je m'arrêtai net. Les deux dernières photos, la lune et le sapin décati, étaient géolocalisées au Café

Éphémère. Impossible que ce soit Ashley, partie réveillonner dans un foyer pour animaux abandonnés dans la Creuse… Alors qui ?

Je jetai un coup d'œil à l'immense horloge qui surplombait le hall. J'avais tout juste le temps de remonter vérifier qu'il n'y avait personne avant la fermeture définitive.

Dehors, la neige tombait toujours. Dévorée par la curiosité, je fis demi-tour et grimpai les escalators quatre à quatre. Seule une des lumières du café brillait encore, le reste de l'étage était plongé dans l'obscurité.

Charles était accoudé au bar.

Sans comprendre, je m'approchai, le cœur battant un peu plus vite. Mes maigres espoirs se dissipèrent quand je vis le sac de voyage à ses pieds.

— Salut, dis-je, la voix un peu tremblante, qu'est-ce que tu fais là ?

— Bonsoir, mademoiselle, dit-il avec un demi-sourire à faire fondre un iceberg, qu'est-ce que je vous sers ?

Une étincelle rieuse éclairait son regard clair. Comme je ne réagissais pas, il posa deux cafés latte sous la lumière dorée de l'unique spot resté allumé : la lune et l'arbre de Noël postées un peu plus tôt sur Instagram.

Hésitante, je m'assis sur un tabouret haut, face à lui.

— Tu n'es pas plus doué que moi pour les sapins, fis-je remarquer.

— Faux, puisqu'il ne s'agit pas d'un sapin…

— Pourquoi tu as des bagages ? Tu pars où ? demandai-je en désignant le sac.

Charles ouvrit la fermeture Éclair et je me penchai pour voir son contenu. Un pot de peinture blanche, des pinceaux, un rouleau, une truelle, du plâtre…

— Pour la fissure, on va la réparer ensemble, comme ça, plus besoin d'attendre la rentrée ou de se disputer pour savoir qui va appeler l'agence…

Le soulagement déferla sur moi, puissance neuf sur l'échelle de Richter.

— Je pensais que tu partais, dis-je, les yeux soudain pleins de larmes, que tu m'avais larguée le jour de Noël ! Pourquoi tu ne m'as pas appelée de la journée ? J'ai essayé de t'appeler cinquante fois, je…

Une expression stupéfaite s'afficha sur le visage de Charles.

— Mais enfin, Val, chérie, dit-il avec tendresse, je t'ai laissé dix messages ! J'ai fait tomber mon portable en sortant des Galeries à l'aube et le camion-poubelle a roulé dessus. Ta mère m'a gentiment prêté le sien jusqu'à demain quand je suis passé lui déposer le vin comme prévu et elle m'a ensuite réquisitionné pour garder tes neveux toute la matinée pendant qu'elle allait acheter la dinde. Quand je suis repassé à l'appartement, tu étais déjà partie…

Il y eut un silence. Je ne pus retenir une petite larme de soulagement et il me tendit un mouchoir en tissu, soigneusement plié en quatre. Il n'y avait que Charles pour avoir toujours sur lui un objet aussi incongru qu'un mouchoir en tissu, toujours propre et repassé.

— Je n'écoute jamais les messages de ma mère..., dis-je en me mouchant bruyamment.

— Je suis désolé. Si j'avais su que tu t'inquiétais, je serais passé te voir, dit-il en prenant ma main dans la sienne, je croyais que tu ne répondais pas parce que tu faisais la tête.

— Excuse-moi, je ne te ferai plus jamais la tête.

— Pardon, je n'oublierai plus jamais notre anniversaire moins un jour, répondit-il. Je ne veux plus qu'on se dispute pour des choses aussi bêtes qu'une fissure dans un plafond.

Il se pencha par-dessus le bar et m'embrassa longuement. Je me laissai faire. Il me fallut une bonne minute pour reprendre mes esprits.

— Et le compte Instagram ? C'était toi ? C'est pour ça que tu étais tout le temps sur ton portable ?

— Oui, ton cadeau de Noël... Je sais bien que c'est important pour toi, Valentine. Je sais que ce n'est pas juste « des dessins dans du café ». Et j'aurais adoré que tu continues de m'envoyer toutes tes créations, comme tu l'as fait avec Ashley.

— J'avais peur de t'embêter, tu détestes les textos.

— Pas les tiens. Jamais les tiens.

— Comment tu as eu les photos ?

— Je les ai demandées à Ashley. Elle m'a promis de ne rien te dire. Je voulais que ce soit une surprise. Le temps que j'ai passé à répondre aux commentaires des gens, continua-t-il en riant, tu n'as pas idée !

Je lui expliquai comment sa surprise avait entraîné la proposition d'emploi de Chantal. Il me félicitait avec enthousiasme quand l'horloge sonna huit coups.

— Oh, mon Dieu, on va rester coincés ici, comme l'année dernière !

Il se mit à rire.

— C'était un peu le but de la manœuvre...

Et il posa deux nouvelles tasses sur le bar. C'est en voyant les formes qu'il avait dessinées dans les deux dernières tasses, un « P » et un point d'interrogation, que je compris enfin. Les quatre tasses formaient un « CAP ? ». Ce que j'avais initialement pris pour une lune et un sapin étaient un « C » et un « A ». Bien sûr que j'étais cap de passer une nuit ici ! Je lui souris et l'embrassai à mon tour. Il poussa ensuite vers moi la dernière tasse, celle avec le point d'interrogation, tandis qu'il s'attaquait au « P ».

— Allez, bois ton café et on passe au rayon traiteur. On a quand même un an de bonheur à fêter... J'ai prévenu ta mère que c'était notre anniversaire et qu'on ne serait finalement là que pour le déjeuner de demain !

J'avalai mon café sans discuter, il était froid mais délicieux : parfum cannelle-potiron. Je me laissai bercer par une impression de déjà-vu : déjà un an... J'étais enchantée à l'idée de fêter notre rencontre là où elle avait eu lieu. Au moment où je m'apprêtais à reposer ma tasse, je me figeai. Au fond du mug, dans la mousse de lait, un petit objet reflétait la lumière des guirlandes électriques du sapin des Galeries

Parisiennes. Précautionneusement, je sortis la bague, je n'osais pas regarder Charles dans les yeux. Elle était toute simple, en or blanc, ornée d'un petit solitaire scintillant sous l'unique lampe restée allumée. Je levai un œil interrogateur vers lui, il ne disait plus rien. Il avait posé un genou à terre.

— Alors, murmura-t-il, cap ?

Nous espérons que notre recueil de nouvelles de Noël vous a plu !

N'hésitez pas à laisser un petit commentaire sur nos réseaux sociaux et sur les librairies en ligne. Suivez notre actualité sur teamromcom.com

*

La #TeamRomCom
vous souhaite un très joyeux Noël
et de belles fêtes de fin d'année !

*

À propos de la TeamRomCom

Isabelle Alexis

Auteur et scénariste, Isabelle Alexis a publié de nombreux romans, dont *Tu vas rire mais je te quitte !* et *Tu peux garder un secret ?* (Plon, 2002 et 2004) qui ont été adaptés au cinéma. Plus récemment, elle a publié *Comme dans un film noir* et *Ta vie est belle* aux éditions Flammarion (2012 et 2014). Elle est également l'auteur du scénario de *Moi et ses ex*, une comédie pour M6 qui a reçu le prix Coup de cœur au festival de Luchon.

Retrouvez-la sur…

Facebook : Isabelle Alexis

Tonie Behar

Tonie Behar est née à Istanbul, a un passeport italien, un diplôme américain mais se sent avant tout parisienne. Romancière, spécialiste de la comédie romantique et lectrice compulsive, elle est sujette à des addictions contemporaines pour les séries, les boots à talons, son iPhone et son frigo (et tout récemment, les crèmes antirides !). Elle est auteur de quatre romans dont *Coups bas et talons hauts* et *Grands boulevards* (parus chez Jean-Claude Lattès).

Retrouvez-la sur...

Facebook : Tonie Behar

Instagram : @toniebehar

Twitter : @TonieBehar

Et sur son blog : www.comedieromantique.com

Adèle Bréau

Adèle Bréau a deux petits garçons, Tao et Kim, qui lui ont donné le baby-boost. Depuis, elle leur raconte des histoires à eux, mais aussi aux autres, sur le Web et dans des livres à couvertures pétaradantes. Auteur de la trilogie initiée avec *La Cour des grandes*, elle a ensuite publié chez Lattès *Les Jeux de garçons*, puis *Les Devoirs de vacances* qui achèvent les aventures tragi-comiques amoureuses de ses quadras parisiens. Elle écrit aussi sur son blog et sur Elle.fr, dont elle est la rédactrice en chef, y sondant avec intérêt les affres, espoirs et coups de gueule des femmes d'aujourd'hui. Elle pleure chaque fois (nombreuses) qu'elle revoit *Pretty Woman*, mange trop à Noël, lit chaque année *Scarlett, si possible* et pense que, définitivement, on ne devrait jamais laisser Bébé dans un coin. Ni aucune femme amatrice de comédie romantique d'ailleurs.

Retrouvez-la sur...

Facebook : Adèle Bréau

Twitter : @theadele32

Son blog : adeledebrief.wordpress.com

Snapchat : @breauadele

Sophie Henrionnet

Sophie Henrionnet a une imagination un tantinet débordante et une légère tendance à l'hyperactivité. Elle aime inventer des histoires comiques, cyniques ou fantastiques, en fonction de son humeur, du sens du vent et du nombre de thés, cafés ou mojitos ingurgités dans la journée. Dans une autre vie, elle a été dentiste, dans celle-ci elle jongle entre son MacBook Air, ses moleskine et ses quatre enfants.

Retrouvez-la sur…

Facebook : Sophie Henrionnet

Twitter : @sixthecity

Instagram : @sophiehenrionnet

Son site d'auteur : sophiehenrionnet.com

Son blog : sixinthecity.eklablog.fr

Marianne Levy

Née au XXe siècle, Marianne Levy est un auteur hybride. Après des années passées à couvrir des événements sportifs majeurs (oui, les JO) pour plusieurs quotidiens nationaux, elle a bifurqué vers les coulisses de la télé. Critique, Marianne écrit sur les séries. Elle a également été chroniqueuse télé dans un talk radio culturel, animé des débats sur l'écriture et été jurée dans des festivals de fiction. Après avoir suivi les masterclass du « script-doctor » John Truby, assise au premier rang, elle succombe à son désir de raconter des histoires avec *Dress Code et petits secrets* (2013), *Dress Code et petits secrets 2 – L'Aventure américaine* (2015) et *La Malédiction de la zone de confort* (2017) aux éditions Pygmalion. On peut la retrouver sur son blog *I love TV so what ?* Et, très souvent aussi, devant le meilleur cheesecake de Paris.

Retrouvez-la sur...

Facebook : Marianne Levy Auteure

Twitter : @Marian_Levy

Instagram : @marianlevy

Son site d'auteur : mariannelevy.co

Marie Vareille

Marie Vareille a eu son premier coup de foudre à six ans et demi, le jour où elle a lu un roman pour la première fois. Diplômée en management de l'ESCP-Europe et de l'université de Cornell aux États-Unis, elle n'a pas pour autant oublié son amour des histoires et travaille aujourd'hui quotidiennement à accomplir sa vraie vocation : raconter des histoires.

Elle est l'auteur de trois comédies romantiques : *Ma Vie, mon ex et autres calamités* (City 2014), *Je peux très bien me passer de toi* (Charleston 2015 ; premier prix des lectrices du webzine *Confidentielles*), *Là où tu iras j'irai* (Fayard/ Mazarine, 2017) et d'un roman jeunesse : *Elia, la Passeuse d'âmes* (Pocket Jeunesse, 2016 ; prix du meilleur roman jeunesse du *Parisien*).

Retrouvez-la sur...

Son site : marievareille.com
Facebook : facebook.com/vareille.marie
Twitter : @Marie_Vareille
Instagram : @Marie_Vareille
Youtube : marielitenpyjama
Son blog : marielitenpyjama.com

DES MÊMES AUTEURS

Je peux très bien me passer de toi

Chloé, 28 ans et Parisienne jusqu'au bout des ongles, enchaîne les histoires d'amour catastrophiques. Un jour, elle conclut un pacte avec son amie Constance. Chloé devra s'exiler en pleine campagne avec l'interdiction d'approcher un homme, et réaliser son rêve de toujours : écrire un roman. Constance, incorrigible romantique, s'engagera à coucher le premier soir avec un parfait inconnu.
De Paris aux vignobles du Bordelais en passant par Londres, cet étrange pari entraînera les deux amies bien plus loin que prévu…
Réussiront-elles à tenir leur engagement ?

Un pacte entre copines, un exil, un nouveau départ… Jusqu'où iront-elles ?

Tout (n')est (pas du tout) sous contrôle

Olympe a 38 ans, un emploi de photographe culinaire qui ne lui plaît qu'à moitié, une fille de dix ans plus mature qu'elle, une famille déjantée, des copines délurées et un ex-mari, Bertrand, qui l'appelle chaton. Et comble de tout, elle vient de perdre son job ! Son meilleur ami tenant une agence de détectives spécialisée dans les arnaques, elle le convainc de l'embaucher en lui promettant de ne s'occuper que des planques (les plus simples). Ce n'est pas sans compter sur la sagesse d'Olympe, sa volonté de respecter les consignes et son intérêt pour les commissions versées à chaque résolution d'affaires… L'attrait est trop fort pour la faire confortablement attendre dans la voiture… d'autant plus que côté cœur, ça balance entre Vincent Novak, son collègue aussi sexy que bourru, et Ben, son ami flic… !
Mais que va-t-il se passer quand les cadavres commencent à s'accumuler, et que l'on cherche à l'éliminer à son tour ?

Achevé d'imprimer en Espagne
par BlackPrint CPI Ibérica S.L.
Sant Andreu de la Barca (08740)
Dépôt légal : novembre 2017